愛の道辺
恋し浜
KOISHIHAMA
ほれい HOREI
KOISHIHAMA

田野畑
長い歳月をへて
今 ここに在る田野畑村
田野畑の穏やかさは
慰めの抱擁
田野畑の厳しさは
戒めの鞭
田野畑の山に出会えば
きのうを生きた祖先の息吹き
田野畑の海に向えば
夢を語る活力に満ちる
そして 又
明した 訪れる人々を
迎える こころ

恋ヶ窪駅
Koigakubo Sta.

鉄道ダンシ®

三陸鉄道。通称三鉄（さんてつ）。

岩手県の三陸海岸を縦貫する路線を持つ、第三セクター方式の鉄道会社。
北は宮古《みやこ》駅から久慈《くじ》駅まで、南は盛《さかり》駅から釜石《かまいし》まで。それぞれをつなぐその路線は、
地域住民の足として昔から利用されている。

【目次】

登場人物紹介

鉄道ダンシ®

▼恋し浜レン（こいしはま・れん）▼

岩手県大船渡市出身。中学まで地元（綾里小、綾里中）で、高校は三陸鉄道南リアス線で大船渡高校へ通学。スポーツ万能で、中学からバスケ部に所属し、中高と主将を努める。小さい頃から海が大好きで、肉厚で甘みのあるブランドホタテ「恋し浜」の養殖を行っている父親の背中を見て育つ。小さいころからやんちゃ坊主で、地域の同世代ではリーダー的な存在。バスケット一色だった高校生活も終わりをつげ、ホタテ漁師になる。しかし、3.11 は養殖作業中の船の上で迎える。船が酷く軋むほどの今まで経験したことがないような揺れを船上でも感じ、家族と仲間を思い、船を港へ向ける。生業の再生とともに、三陸全体の復興の一躍を担いたいと考え、復興のシンボル的な存在となっていた三陸鉄道への入社を希望する。

▼田野畑ユウ（たのはた・ゆう）▼

岩手県下閉伊郡田野畑村出身。実家は田野畑村の酪農家で、中学までは地元（羅賀小学校池名分校、田野畑中学校）で、高校は三陸鉄道北リアス線で久慈市の久慈高校へ通学。高校時代は弓道部に所属。高校卒業後、早稲田大学商学部へ進学。東京では、中野区鷺宮のアパートに住み、西武新宿線鷺宮駅から大学のある高田馬場駅まで通った。恋ヶ窪ジュンは大学の後輩で、よく同じ車両に乗り合わせたことから、親しい仲となった。大学卒業後、イオン（株）へ就職し、希望していた乳製品担当のバイヤーとなる。3.11 は、本社での打ち合わせ中に迎える。会社からは強く慰留されたが、故郷の復興のため田野畑村へ帰ることに。実家を手伝いながら、村の復興とその後の地域振興を考え、三陸鉄道という地域資源に着目。復旧に向けて動き出した三陸鉄道が、復興と将来にわたる発展を見据え、地元の人材を募集していることを知り応募し、入社する。

▼恋ケ窪ジュン（こいがくぼ・じゅん）▼

西武鉄道国分寺線・恋ヶ窪駅に勤務し、駅務・営業に関わっている。出身地は、国分寺市西恋ヶ窪。

生まれも育ちも恋ヶ窪。父親が西武鉄道の運転士でその背中をみて育った。西武鉄道沿線の学校へ通う。「田野畑ユウ」は大学時代の先輩にあたる。三陸鉄道の復興学生支援に行った際に、「恋し浜駅」で「恋し浜レン」と出会い、交流を深める。

まじめ・シャイで何事も一生懸命、しっかりしている。甘いものが大好き。おばあちゃん子。先輩からはかわいがられる。まちあるき（寺めぐり・おいしいものを探す）や地元の野菜を使った料理作りが趣味。恋ヶ窪駅周辺で採れるブルーベリーとおばあちゃんが作るうど料理が好物。

※レンとユウは、2012 年 4 月 1 日に三陸鉄道入社。同日は、三陸鉄道北リアス線田野畑・陸中野田間運行再開記念式典が行われた。

田野畑ユウ
恋し浜レン
恋ケ窪ジュン

著者：鉄道ダンシ製作委員会
衣南かのん
カバーイラスト：嘉志高久
キャラクターイラスト：カズキヨネ

【第一章】　南リアス線と恋し浜レン

「ねぇねぇ、知ってる？　あのノート」

夕方の駅舎。

高校生らしい二人組の少女の楽しそうな声に、少し離れた場所にいた一人の女性がふと顔をあげた。

次の列車までは、あと三十分。

その時間を埋めるかのように、二人彼女たちは他愛もない話を次から次へと紡いでいく。

「あぁ、ずっとあるよね、あれ。書いてる人いるのかな？」

「それが結構いるの。この間みたら、結構びっしりでさ」

「へぇ、そうなんだ」

「しかもね！　あのノート、魔法のノートなんだって！」

「……はぁ？　魔法？」

盛り上がる少女とは裏腹に、聞き役に回っていたもう一人の少女の声は明らかに怪訝《けげん》なものへと変わる。

けれどそんな友人の態度も気にした様子なく、少女は話を進めていく。

「あのノートに願い事を書くと叶えてもらえるんだってさ。隣のクラスの子がずっと好きだった人と両思いになれたーとかなんとか……」

「えぇー……いやいや、ないでしょ。普通に駅に置かれてる交流ノートでしょ、あれ」

「でも面白くない？　夢があるじゃない？　ちょっと試してみようよ、ね！」

張り切った様子でノートに何かを書き込む少女の隣で、友人もほんの少し、興味深そうにそのノートを眺めている。

結局気になったのだろう、二人で何かを書き終えると、少女たちは叶うといいねー、なんて賑やかに話しながらホームへと昇っていった。


（願い事、か……）


そんな二人の少女を見送って、一人離れた場所にいた彼女も動く。

そっとそのノートを開いてみると、たしかに中にはびっしりと、メッセージやコメントが書かれていた。

「願いが、叶うノート……」

信じるわけじゃない。

だけど、こんなのおまじないみたいなものだろう。

ノートのページはもういっぱいで、どうやら先程の少女たちの願いですべて埋まってしまったらしい。

「……」

少しのあいだ思案して、彼女は肩から下げていた自分の鞄を探る。

そうして取り出したのは、ペンと、小さな冊子。

ビリ、と破いたその紙に何かを書き付けて、小さく折りたたんだそれを、ノートにそっと挟み込んだ。

◇

三陸鉄道の南リアス線は、盛《さかり》駅から釜石駅までの約一時間の距離を結んでいる。

その終着駅となっている釜石駅では、爽やかな夏の空気が漂っていた。

そんな釜石駅の駅舎を、全力疾走で駆け抜けていく青年が一人。

……三陸鉄道に勤務する、恋し浜レンである。

「やっべー、結構ギリギリじゃね、これ！」

「あっ、恋し浜くん！　急いでるとこごめん、これ持っていって！」

ききっ、と、急ブレーキでもかけたような勢いで足を止めて振り向くと、そこには釜石駅の事務員をしている田中幸子さんが立っていた。

年齢は三十代半ばくらい。屈託のない笑顔が似合う女性である。

まだ新人だった頃から、仕事がついついい雑になり気味なレンを、いつもさりげなく助けてくれている存在だ。

「いっぱいになってたからさ」

その言葉と共に差し出されたのは一冊のノート。

釜石駅、と太い油性ペンで表紙に書かれている。

「了解！　ありがとうございます、たしかに！」

受け取ったノートをしっかりと持って、再び足に力を込める。ホームへと続くトンネルの中に、レンの力強い足音が響き渡っていた。


レンが三陸鉄道に就職して、四年目になる。

勤務する部署は、旅客サービス部。

三陸鉄道の列車を活用したイベントの企画や、駅に来るお客様のサポートを担当している。

最初は自分が生まれ育った恋し浜駅での勤務だったが、この春から南リアス線の始発駅でもある盛駅の勤務となった。

今日はイベント列車の確認のために盛駅から列車に同乗して釜石駅に来ていたのだったが……次の列車を待つ休憩の間、ちょっと市街を見て回っている間にうっかりギリギリの時間になってしまった、というわけで。

（あーもー、やっちまったなぁ。ついついのんびりしちゃうんだよなぁ、釜石って）

反省とともに気合いを入れて一足飛ばしに階段を駆け上がると一気に視界が開ける。

ぱぁっと広がる明るい景色の中に、一両編成の小さな車両が止まっていた。

今にも発車しようというその車両の隣には、彼と同じ制服を着た中年の男性が呆れたような笑顔を浮かべて立っている。

「ほーら、ギリギリだぞー、レン。鉄道マンは時間に正確じゃなきゃいけないって、いつも言っているだろ！」

「でっすよねー！　はい、その通りです！　申し訳ありません！」

さすがのレンも少々ばつが悪い思いで素直に頭を下げる。

いいから乗れ、と促されて列車に乗り込もうとした寸前……視界に入ってきた人影に、一瞬、意識を奪われた。

腰まで届く長い髪にすっと伸びた背筋の女性。

表情こそ見えないけれど、光の中に溶けてしまいそうに色の白いその横顔に記憶の片隅を突かれる。

「あの人……」

「あぁ、さっきの列車で降りてたお客さんだな。しばらくあそこにいるから、車両でも見ているんじゃないのか？」

「車両を？」

確かに三陸鉄道が舞台になったテレビドラマが放送されて以来、このワンマン列車を見に訪れる観光客はブームが去っても少なからずいる。

ただ、南にいる人間としては少し残念なことに、そのほとんどはドラマの舞台になった北リアス線の方に行ってしまうのだが。

とはいえ、彼女はそういった観光目当ての人々とはどこか違うような気がした。

そうじゃなくて、もっと……

と、考えていたところで、どん、と背中を押された。

「ほら、見とれてないで早く乗れ！　置いてってもいいならこのまま発車するぞ！」

「わー、乗る乗る、乗ります！　これ逃したら二時間半後！」

慌てて車両に乗り込んだレンが再び窓の外を見た時には、もう、そこに彼女の姿はなかった。

すうっ、と胸のあたりを通りすぎていくようなもどかしい感覚は残っていたが、それも発車のベルにかき消されてしまう。

◇

列車に揺られること約一時間。

海に囲まれる景色を走る列車の中、イベントの企画書に目を通しながら到着したのはレンの勤める盛駅だ。

駅事務所のガラスとスチール製の引き戸を開くと、そこには、この駅舎の事務員をしているミヨさんが仁王立ちしていた。

キッと睨みつける眼力は、還暦を超えているとは思えない力強さを持っている。

その迫力に思わず一歩後ずさったレンを追うように、ずい、っとミヨさんが距離を詰めた。

小柄なミヨさんは、レンよりも遥か下にある目線をぐっと引き上げて、意地が悪くも見える笑顔を浮かべながらこちらを見ている。

「あんた、また発車時刻ぎりぎりに飛び乗ったらしいじゃないか！」

「やっ、ぎりぎりっていうか駆け込みセーフ？」

「鉄道会社の社員が駆け込みなんてするんじゃないよ、まったく……もう四年目なんだからいい加減気をつけな」

「うっす……」

ミヨさんの説教には、どうにも弱いレンである。

「それで？　ハル江さんは元気だったかい？」

「へ？」

「寄ってきたんだろう、釜石なら。それでぎりぎりになったんじゃないのかい」

「うん、まぁね。元気だったよ。今日はこれから、お隣さんと一緒に最近できたカフェに行くんだってはりきってた」

「そうかい。それならよかった」

ふっと笑みをこぼしたミヨさんに、本当によく見ている人だなぁとつくづく敵わなさを思い知るレンだった。

ハル江は釜石で一人暮らしをしているレンの母方の祖母で、ミヨさんとは昔からの付き合いだという。

「あたしは昔、ハル江さんにそれはそれは世話になったんだ」

というのはミヨさんの口癖のようなもので、その縁もあってレンもこのミヨさんには随分世話になって……もとい、厳しく指導を受けている。

「あんたを一人前にするのが、あたしの最後のおつとめだ」

というのも、ミヨさんの口癖だ。

「ははっ、レンさん、まーた怒られてるの？」

そんな二人のやりとりに割って入るように、明るい声が響いた。

振り返ると、学ラン姿の男子生徒が一人、にやにやと笑いながらこちらを見ている。

「怒られてないから！　これはミヨさんの愛のムチなの！」

「馬鹿なこと言ってんじゃないよ」

ぺしっ、と少し背伸びをしたミヨさんに頭を叩かれて、へへ……と小さく笑うレン。

なんだかんだ言って、愛のムチ、というところは否定しないのだ。

「しっかりしてくれよなー、センパイ」

「生意気なんだよお前は。つーかお前、こんな時間にどうしたんだよ。サボリか?」

彼は『大船渡高校』の生徒で、レンの後輩にあたる。

「サボリじゃねーって。朝、レンさんいなかったからさ。今日テスト前で部活もなかったし、ちょっと用事の前に顔出してみたの」

「……わざわざ?」

高校には、盛駅から岩手県交通バスに乗って「大船渡高校入口」というバス停まで行き、そこから十二分ほど歩いたところにある。

用事、というのが何かはわからないけれど、次の釜石行きの列車はおおよそ一時間後。あえて駅に寄るような時間でもないだろうと思っていると、にぃ、っと嬉しそうな笑みにぶつかった。

「レンさん、俺、うまくいったよ!」

こそっと耳打ちするように小さくささやかれた言葉に、レンは目を丸くして彼を見る。

そのはにかむような表情にレンも嬉しくなって、思い切りその背中を叩いた。


バシン!

思いのほか、威勢のいい音が鳴る。

「まじか！　やったじゃん！」

「痛え……まぁね。レンさんのお陰だよ」

「バーカ、お前が頑張ったからだろ。ん？　てことはまさか用事って、デートか？」

「へへへ、まぁ……」

「んじゃ、彼女待たせちゃダメだろ！　ほら、早く行けって！」

笑いながら、レンはその男子生徒の肩をつかんでぐっと押す。

少しバランスを崩しながら、彼は出口の扉に手をかけてもう一度くるりと振り返った。

「うん、でもちゃんと報告したかったからさ。ほんとありがとね、レンさん！」

「おう、よかったな！」

「うん！　それじゃまた帰りに！」

たぶん彼女も一緒だから、と浮かれた言葉を残して彼は駆け出していく。

その足で、恋人のもとへと向かうのだろう。どこか清々《すがすが》しいその後姿《うしろすがた》に、自然とレンの口元も緩んだ。

この仕事をしていて一番嬉しいのは、誰かの喜ぶ姿を間近で見られることかもしれない。

「あれ？　レン、そのノートわざわざ持ってきたのかい」

いろいろと考えながら扉の向こうの景色を眺めていると、レンの持つノートを目ざとく見つけたミヨさんに尋ねられた。

「あ、うん。メッセージがいっぱいだから持っていってって幸子さんに渡されてさ」

「ふぅん、最近はすぐいっぱいになるねぇ」

各駅の待合スペースなどには、乗客が自由に書き込むことができるノートが設置してある。

「それ確認してからでいいから、机の上の書類、見ておくんだよ。そっちもいっぱいだ」

そう言って、ミヨさんがスマートフォンで撮影した、駅舎とは少し離れたところにある三陸鉄道事務所のレンのデスクの写真を見せた。

「うーっす。お、ほんとだいっぱい……」

言われたとおり、机の上には大量の書類が積まれているのが見えて、軽く口元がひきつる。

昨日は休日で、今日も朝からすぐにイベントのため列車に乗り込んでいたので、机を確認する暇はなかったのだ。

（一日休むとこれだもんなぁ……）

「返事は」

「はい！」

ぴしっと敬礼までする勢いで背筋を伸ばしたレンに、ようやくミヨさんの表情が少し和らいだ。

そういう表情の時のミヨさんは、穏やかであたたかな雰囲気を纏《まと》っているように見えるため、看板娘として長年この駅の「ふれあい待合室」を利用している客からも人気がある。

「ミヨさんーちょいと聞いてくれよ」

「ハイハイ、どうしたんだい」

列車を待つ間、或いは列車に乗らずともミヨさんと話をしようと訪れる人は多い。

小ぶりな駅舎の中にある「ふれあい待合室」にはちょっとしたお土産スペースと、テレビと、それからいくつかの椅子が置かれていて、約二時間半に一本の列車を待つために、いろいろなお客様が訪れてくる。

この駅のアットホームな雰囲気が、レンは好きだった。

◇

きっちりと制服を着たレンは、ノートを持ったまま三陸鉄道の事務所に向かった。

三陸鉄道の事務所は、車庫の横の少し離れた場所にある。

事務所に戻って自分のデスクに座ると、書類は後回しにまずは、と改めてノートを開いてみた。

「ほんと、いろいろ書いてあるなぁ……」

そのノートには、たくさんの言葉が並んでいる。

初めて三陸鉄道を利用した人の感想、普段から利用しているであろう人のちょっとした要望から独り言のような呟きまで……。

一時期に比べれば東日本大震災に関する応援メッセージも少なくなったが、そちら関係の応援メッセージは、やはり後を絶たない。

以前はそんなメッセージを読むと胸がひどく苦しくなったものだが、最近は平常心でそんなメッセージを読むことができるようになった。

気になったメッセージは、パソコン内に打ち込んで整理しているのだが、なぜかノートパソコンがバッグの中にない。

「あちゃー。駅舎の事務所に置いてきちゃったか……」

業務にも支障が出る可能性があるので、急いで取りに戻ることにした。

◇

「レンくん!」

小走りで駅舎の前に到着すると、どこからか幼い声がレンを呼ぶ。

「んっ?」

声の方向を見ても誰もおらず、首を傾げながらゆっくりと視線を下に向けていく。

そこにはレンの方をしゃがみながら見上げて、にこにこと笑う一人の少女がいた。

「おーっ、南か！　ちっちゃくて見えなかったぞ！」

「レンくんまたそういうこと言う！　私、もう結構大きくなったんだから！」

「そっかそっか、悪い悪い」

レンはひょいと身体を屈めて、少女と目線を合わせる。

南は盛駅のある大船渡市に住む中学生で、週に一度、吉浜駅の近くに住む祖母の家への移動で三陸鉄道を利用していた。

「またノート見てるの？　何かやるの？」

「んー、秘密」

「えー、なんで！」

「仕事だからな」

しー、と人差し指を口元に当てると、南は笑って同じジェスチャーを返した。

「えへへ、私は知ってるけどね！」

◇

南と知り合ったきっかけは、このノートだった。

それは、まだ東日本大震災直後の落ち着かない状況の中……。

駅舎に置かれていたノートを何気なく手をとってパラパラと眺めてみると、そこにはさまざまな人からの応援メッセージが書かれていたのだ。

気づけば止まらなくなって、レンはゆっくりと、そのメッセージの一つ一つを読んでいった。中には、他に吐き出しどころがなかったのだろうと感じるような悲しみの言葉もある。

三陸鉄道自体の感想もある。

高校時代から三陸鉄道を利用していたレンだが、そうやってじっくりとノートを眺めるのは思えば初めてのことだった。

どのメッセージの言葉もとっても温かくて、人の心がこめられていて、胸が熱くなるものばかり。

ほとんどは東日本大震災の現実を目の当たりにした県外からの来訪客からのメッセージで溢れていたが、その中でひとつ、目に留まるメッセージがあった。

『はやくおばあちゃんに会えますように』

鉛筆で少し大きく書かれた字は、まだ子供のもののように感じた。

「おばあちゃんって……?」

それは、まだ小学生だった南が書いたメッセージだった。

南の祖母は吉浜在住。そのため震災前は仕事に忙しい両親に代わって土日は祖母の家で過ごしていたという。

ところが、震災の影響で三陸鉄道の盛~吉浜間の列車が通らなくなってしまったことで、一人で祖母の家に行けなくなってしまった。

そこで書かれたのがそのメッセージだったのだ。

事情を知ったレンは、業務の傍ら吉浜まで車で送るようになって、南と交流を深めることになった。

その後、盛～吉浜間の運行が再開。

それがすべてというわけではないけれど南からの感謝も背中を押して、以来、レンは積極的にノートをチェックし、利用者の声に応えていきたいと思うようになった。

◇

「そういえばお前、今日って平日だろ？　何でここいるんだ？」

「今日、おばあちゃんのところに行くんだ。だから学校はお休みしたの」

「おー、そっかそっか。ばあちゃんにもよろしくな！」

「うん、またね！」

ホームへと入っていく南を見送って、今度こそ目的のパソコンを取りに戻る。

駅舎の事務所にぽつんと置かれていた黒いパソコンバッグを手にとって三陸鉄道の事務所に戻ろうとすると、今度は大声で自分のことを呼ぶ声が聞こえた。

「おー、いたいた、レン！　ちょっと相談いいか」

「あー？　どしたよおっちゃん」

元々の気質もあったのだろう。

ノートから拾い上げた住民の声にさりげなく力を貸していくことも仕事の一つとしているうちに、レンの仕事は実際の職務内容の範囲を超えて自然と広がっていった。

こうして相談にやってくる住民の話も真剣に聞いて、ついつい相談にのってしまう。

地域振興のための企画、という本格的なものから買い出しの手伝い、などという日常的なものまで、いろいろだ。

（……要するに便利屋だよな、これって）

それでも、この三陸鉄道に勤めているからこそ聞こえる声があるとレンは思っている。

名前もほとんど書かれていないノートへのメッセージは、誰かに叶えてほしくて書いたものではないのだろう。

けれど、気づいた以上は何かしてやりたいと思うのだ。

レンの手が伸ばせる限り、力の届く限り。

時々、ノート自体にちょっとしたコメントを返すこともある。

会社の上司たちは、お客様のためになっているということでレンの職務を超えた活動にも見て見ぬ振りをしてくれているので、本当に頭が上がらない。

そんなレンの動きも伝わって、北リアス線でもノートを細かにチェックするようになったらしいが、それをやっているのが、レンの同期でもある田野畑ユウだ。

仕事というよりもボランティアに近い職務が増えたことになるが、ユウは何も言わなかった。南リアス線よりも距離が長く駅の数も多い北リアス線において、ノートに書かれたメッセージを一つ一つ読むだけでも大変だろう。

それでも自分の職務は決して疎かにせず、それらを平気な顔でこなしているのだから、つくづく優秀なやつだと思う。

ふたりは同期でもあるので、もっといろいろと協力体制を敷ければいいのだが、北と南という距離は遠く、さらに今は路線が繋がっていないために行き来するのも不便で、連絡は取り合うものの結局揃って問題解決に当たったことは数えるほどしかない。

しかし、それぞれがそれぞれの場所で出来る範囲のことをする、ということで現状ではお互いに納得している。

「……それにしても最近、やたら恋愛ネタ多いな」

今めくったページにも、可愛らしい字で『酒井くんと両想いになれますように』と書かれている。

誰だよ酒井くん。

ツッコミは心の中だけにして、引き続きメッセージを追っていく。

ここ最近、南リアス線ではこのノートにまつわる妙な噂が流れているらしい。

このノートに願い事を書くと叶う、とか何とか。

最初にその噂を聞いたときには、何を馬鹿な、と思った。

出来る限り目を通すようにはしているけれど全部の駅のものを毎日見ることは出来ないし、拾える願いだってわずかなものだ。

ましてやレンは普通の人間で、ノートに書かれている願い事を叶えるなんて魔法じみたことが出来るわけがない。

出来るわけがないけれど「馬鹿な」と思うと同時に「面白いじゃん」と思ったのもまた事実だった。

子供の頃に憧れたヒーローみたいで、それはそれでやりがいがあるじゃないかと思ったのだ。

そうしてできる限り……本当にできる限り……で叶えていった結果、噂は着々と浸透していった。

しかも、ノートのメッセージには恋愛にまつわる願い事が多く、ホタテ絵馬の願掛けで有名になった恋し浜駅に置かれているノートには、顕著にその傾向が現れていた。

恋愛関係に関しては差出人や相手のヒントがノートに記されていることも多いので、対象者は特定しやすい。

ずっと地元にいるレンはそれなりに顔も広くて、まぁいろいろ尽力した結果、最近のレンはちょっとした恋のキューピッド状態になっていた。

先ほど駅に顔を出して恋愛の成功を報告に来た高校生も、先週クラスメイトへの片想いを打ち明けられて告白へのお膳立てをしたところだ。

高校生も多い路線だし、恋愛事《ごと》はその年頃なら一、二を争う興味の対象ということもわかる。

本来の業務内容からは逸れているような気もするが、これはこれで楽しくもあるのだ。

「若者よ恋をしろ、ってなー」

レンにもそういう思い出があった。

高校生の頃の、まだ何色にも染まっていなかった恋心を思い出すと未だに少し、胸が疼く。

（つーか、さっき釜石で見た人、やっぱり……ん？）

そうして一枚ずつ丁寧にページをめくってすべてを読み終えたところで、最後のページにおざなりに挟まれたメモに気づいた。

「なんだ？　このメモ……」

ざらりとした手触りの、薄い紙。白い紙ばかりの中で淡く目立つクリーム色。

ノートか何かを切り取ったのだろうか、長方形とは言いがたい、少し歪な四角形のそのメモには濃い鉛筆で走り書いたような言葉が綴られていた。

名前も何もない、ただ一言。


『勇気をください』

◇

（勇気をくださいって、言われてもなぁ……）

「なんだ、今日は随分ぼんやりしてるなぁ、レン」

店のマスターが、レンの様子を見て話しかけた。

「んー……」

その日の夕方。

夜まで続きそうな仕事を前に、軽く小腹を満たしておこうとレンが訪れたのは盛駅から少し歩いたところにあるカフェだった。

レンの高校時代からの行きつけの店だ

いつもと同じカウンターの端に座って眺めるのは、あのノートに挟まっていた紙片。

手のひらにおさまるほどのその紙には、あいにくと名前どころか差出人の手がかりとなりそうなものすらも一切ない。

漠然としたその言葉は誰かに叶えてもらうことを目的とした、というよりは、噂をそのまま信じた一種の願掛けのようなものなのだろう。

けれどレンは、どうしてもそのメモが気になった。

（あ〜……なんでこんな気になるんだろ）

わしゃわしゃと軽く髪をかきあげて、ため息をつく。

そんな普段とは違うレンの様子に、マスターも目を丸くして、テーブルのセットをしている奥さんと顔を見合わせた。

雰囲気のいいオールドアメリカンのインテリアで飾られた店内は、カフェタイムのピークはすぎ、かと言って夕食には早すぎる微妙な時間のためレン以外の客はいない。

それもあってか、頭を抱えるレンの元には奥さんが焼いた手作りのクッキーがおまけとばかりにそっと置かれた。

食事の前だが、好意はありがたい。素直に礼を言ってクッキーを頬張る。

やさしい甘みと香ばしいバターの風味が絶妙なクッキーは、お土産にも人気の商品だ。

「厄介な仕事でもあったのか？」

レンが少しいつもの調子を取り戻したところを見計らって、カウンター内のマスターが声をかけた。

奥の調理場では、奥さんも少し心配そうにレンの方を見つめている。

以前、店の宣伝の一環として、もっと気軽に駅を降りたお客さんにも立ち寄って欲しい、という要望を叶える手伝いをした関係で、レンが普段やっている仕事の内容をふたりは知っているのだ。

「いやー、仕事ってわけじゃ……ないんだけどさ……」

仕事としては、まったく気にする必要はないと思う。

けれどなんとなく、放っておけないのだ。

つまりは自分のエゴなのだが、この小さな紙片を手放せない。

「……なぁマスター、勇気ってなんだと思う」

「お前に哲学は似合わないと思うよ」

「いや、そういうことじゃなくて」

さらりと失礼なことを言われた気もするが、最もなのでそこには深く言及しないことにした。

そうこうしているうちにいつものメニューが運ばれてきたので、レンは一度、紙片をポケットにしまうことにした。

食事のときは食べることに集中する。レンのポリシーである。

「はいレンくん、いつもの『恋し浜ホタテバーガー』ね！」

「おー、今日もうまそう！　やっぱこれだよな……」

「っていうか、お前うちの店に来てもこれしか食わないじゃないかー。他にもいろいろあるんだぞ。バーガーの種類だってほかに負けないくらいたくさんの種類があるし、スープとか、パスタとか！　うちは食事もスイーツも自慢のカフェなんだからな！」

「いやー、それはわかってるんだけどさー。ついつい」

レンは、自分の住んでいる恋し浜のホタテが贅沢に丸々使われている、このメニューが大好きだった。

　ましてやレンの実家はホタテの養殖を中心とした漁師で、レン自身も高校を卒業した直後は漁師の仕事に就いていたのだ。

　しかし、東日本大震災をきっかけに地域の人と人をつなぐかけ橋としての三陸鉄道の仕事に魅力を感じて三陸鉄道に入社した。

　レンがこの『恋し浜ホタテバーガー』にこだわるのは当然だった。

「これ、炭水化物だけど、結構ワインとかでも合いそうだよなー」

「お前、ワインなんてシャレたもん飲むのか？　根っからの日本酒党だろ」

「最近ワインも飲むようになったの！　ほら、前連れてきただろ、同期のメガネかけたやつ。あいつがワインとかチーズとか、めちゃめちゃ詳しくてさー」

　言いながらバーガー用の紙にホタテバーガーを包み、思い切りかぶりつく。

「はー、うまい」

　恋し浜のホタテは、数量を制限してきっちりと管理をして養殖された肉厚でプリップリのブランドホタテだ。うまくないはずがない。

「そりゃよかった。……そうだ。頭使ってるついでに、うちの新メニューも何か考えてみてくれよ。そろそろ何か新しいメニューでも、と思ってたところでさ。なぁ？」

「そうね、いいかも。レンくん、考えてみてくれる？」

「……は？　いやいやいや、そういうこと素人に頼むなよ……」

「わかってないねぇ。素人だから頼んでいるんだよ」

「ちょっと意味がわかんねーんだけど」

首をかしげると、マスターは思わせぶりに目を閉じながらうむ、と頷いてみせる。

その仕草に、皿を洗っていた奥さんがくすりと小さく笑った。

「もちろんプロとしての心がけは大事だ。プライドとか、誇りとか、そういうものもな。でも時には新鮮な意見を聞くことで見えてくるものもある。で、そういう新鮮な意見っていうのは、プロよりも素人の方がぽーんと出せたりするものだ」

「へー、そういうもんかな？」

「そういうものだよ。それに、海の旬ならお前の方が詳しいからな。食材を見るお前の目は信用しているよ」

にっと笑うマスターは、レンの漁師時代もよく知っている。

そんなマスターに頼られるのは、悪い気はしなかった。

（新メニューか……）

レンにとっては、やはり帆立がいいと感じてしまう……カレイなんかもいいかもしれない。

そんなことを思い巡らせているとカラン、と表の扉が開く音がした。

「おっ、いたいた！　レン！」

「ん？　……なんだ、喜平《きっぺい》か。どうした？」

「駅行ったらおまえ飯食いに出たって言うからよ。じゃーここだろと思って」

にっと笑うと、どこかのコマーシャルのような白い歯が覗く。

色白な人間が多いとされる東北の中で、日焼けしたその肌は毎日海に出ている証でもあった。

レンの幼なじみで、かつてはレンと共に漁師として海に出ていた喜平は、マスターに俺も『恋し浜ホタテバーガー』で、と注文を伝えながら迷わずレンの隣に座った。

「俺に用だった？」

「おう、ちょっと頼みがあってな」

「頼み？」

「ほら、お前って何でも屋みたいなことやってるだろ！」

「……いや何でも屋じゃねーし、三陸鉄道の業務の一環のつもりだし……」

どうにも、レンの仕事は曲解した伝わり方をしているような気がする。

「なんだよ、頼みって！」

「や、実はさ……船、新調することになったんだ」

「マジでか⁉」

笑いながら伝えられた言葉に、ガタン、と思わず椅子を鳴らしてしまう。

けれどそれも仕方ない。喜平の笑顔に負けないくらい、レンの心も弾んでいた。

幼い頃から一緒に育ってきた喜平もまた、漁師一家の人間だった。

高校を卒業すると同時に家業を継ぎ、共に海に出るようになったレンと喜平は、互いに口にしたことこそないけれど、互いが一番の理解者であり、親友であると思っていた。

初めて海に出た日から、うまくいった日もいかなかった日も、いつも二人で語り合った。

三陸の海の良さをもっと伝えていくにはどうすればいいか、なんて真面目な話をしたこともあるし、漁の成果を競ったこともある。

朝から晩までほとんどの時間を共有する二人は、親友というよりもむしろ兄弟といった感覚のほうが近かったのかもしれない。


けれど、あの震災の日。


喜平は、船を失った。

その日はたまたま家族で出かける用事があるからと漁を休んだ喜平は、出先で地震に遭い、速報で津波のことを知ったという。

慌てて車を走らせて戻ってみたが、港に停めていたはずの船は流されていた。

それからしばらくして、何とか知り合いの伝手《つて》をたどって船を借りることはできたものの祖父の代から大切にしてきた船を失くしてしまったことで、喜平は目に見えて落ち込んでいた。

借り物の船で漁に出ることにも、複雑な想いはあっただろう。

レンが三陸鉄道へ就職することを決めたと告げた日も、喜平は何も言わなかった。

何も言われないことが、レンには辛かった。

以来、あれだけ近かったはずの二人の距離もどこかぎこちなくなってしまって、漁師と鉄道会社の職員では生活時間が異なるせいもあってか、喜平と話をすることも少なくなっていた。

海に残った人間と、海を離れた人間。

端から見たらそう見えてしまうのだろうと思う。

けれど海を離れても、レンにとって大切なものは変わっていない。

ただ、増えただけだ。

三陸の海の良さをもっと伝えていくにはどうすればいいんだろう……そう、喜平と二人で話し合っていたあの頃から、大切なものも、伝えていきたいものも増えただけ。

海だけじゃなく、三陸全体の良さを伝えたいと思うようになった。

自分が生まれ育った町だけじゃなく、そこに連なる町も、人も、すべて大切で守っていくことができたら、と思うようになった。

三陸鉄道に就職してからは、あまりにがむしゃらに過ぎていって、それを喜平に伝えることすらできなかったけれど……。

「……良かったな、喜平……」

「おう！」

久しぶりに、こんな風にまっすぐに笑う喜平を見た気がする。

レンにはそれが、本当に嬉しかった。

「でさ、近いうちに前祝いってことでうちに集まる予定なんだ。おまえも来てくれるだろ？」

「ったりめーだろ！」

「じゃあ……俺からの頼みは、その時に改めてってことで」

「え、今言わねーの？」

てっきり依頼を聞く心づもりでいたレンは、拍子抜けした気分で尋ねる。

すると喜平は何かを含んだようなイタズラっぽい笑みを浮かべた。

「ま、当日までのお楽しみでな」

「なんだよ、焦《じ》らすな」

「いいだろ？　たまにはそういうのも」

「いいけどよー」

どちらかと言うと待つのが苦手なレンは、焦らされるのが苦手だ。

けれども喜平がそう言うからには、どうあっても当日までは教えてくれないだろう。

基本的には穏やかなくせに、変なところで頑固なやつなのだ。

気になる気持ちをぐっと堪えて、ガマンガマン、と心の内で唱える。

そんなレンの心中を読んだかのように、くくっと笑いをこぼしたマスターは、レンと喜平の前にサービスのコーヒーを、そっと置いた。

◇

数日後、仕事を終えたレンは久しぶりに恋し浜駅に降り立った。

三陸鉄道の社員になってからは利便性もあって盛で一人暮らしを始めたが、すぐ近く、しかも同じ沿線に住んでいるとはいえなかなか実家には帰ることができていない。

一方で釜石にある祖母の家には月に数度という頻度で訪れているのだから、気持ちの問題もあるのかもしれない。

ほんの少し、気まずい気持ちがないわけではない。

漁師をやめて三陸鉄道に入ることを決めたレンのことを、父も祖父も受け入れて、背中を押してはくれたけれど。

「レン、こっちこっち！」

「おう、喜平！」

高台にある恋し浜駅を降りて、歩くこと十分弱。

ぽつぽつと民家はあるものの、時間もあってこの地に住んでいる人にも会えないような静かな道をひたすら下って行くと、そこに港がある。

家に行く前に港まで来てくれと言ってきたのは、喜平だった。

海を前にすると、ふっと身体から力が抜けていくのがわかる。


(やっぱりいいよなぁ……海……)

◇

一人暮らしを始めたからといって、海から遠い生活をしているわけじゃない。

三陸鉄道南リアス線はリアス式海岸を望む路線。仕事でも乗車時によく海は見ているし、車を走らせれば海沿いの道を選ぶことも多い。

それでも自分が生まれ育った町の、自分の最も身近にあった海はまた格別だ。

「悪ぃな、わざわざ港まで来てもらって」

「そんなに距離は変わんねーだろ！　で、どうしたんだよ港に来いって？」

「……これをな、見てほしくて」

とん、と触れたのは、港に泊められている一隻の船。

本来名前が入る船の側面に、まだ何も刻まれていないまっさらな船だった。

「おぉ……これが新しい船か」

「おう。名入れもまだなんだけどな」

そう言いながら船を見上げる喜平の瞳には、レンにも覚えのある色が浮かんでいた。

穏やかで優しい、慈しむような瞳。

海を見るとき、自分もこんな表情をしているのだろうなとレンは思う。

東日本大震災でたくさんのものを奪われて、恐れを抱いても、それでも海を嫌いにはなれなかった。

でも、この町に暮らす多くの人間が、海に対して複雑な感情と感傷を抱いている。

「名前、どうすんだ？」

「あー、それなんだけどな」

振り返った喜平が、にぃっと笑った。

月明かりに照らされる中で、その表情はなんというか、いつもの爽やかさから随分遠い場所にある気がした。

（……なに、なんかすげぇヤな予感する）

「レンに考えてもらおうと思って」

「はぁ!?」

「いいだろ、お前、何でも屋みたいなことやってんだから！」

「だから何でも屋じゃねぇって……」

周囲のこの認識については今度、ユウとも改めて相談した方がいいな、と心の中で強く決意して、レンは再び喜平に向き直った。

「あのな、俺の仕事は一応、この地に根ざしている鉄道会社の社員の仕事の一環として、地域の皆さんの要望に応えてお手伝いさせてもらっているということであって……」

「だったら問題ねーじゃん！　俺、地域住民だし、名前を考えてもらうのも手伝いの一環じゃねーの？」

「いやそうなんだけど、そうじゃなくて……そういう大事なことは、もっとこう、あるだろいろいろ。大切にしなきゃいけないことがよ」

「まぁまぁ、細かいこと気にすんなって！　名付けと、あ、あともう一つ頼みたいんだわ」

「……何」

にぃっと浮かべられた喜平の笑顔に、軽くたじろぎながら問い返す。

さらに嫌な予感がする。

「大漁旗のデザイン」

「は？　いやいやいや、待て、ちょっと待て？　お前、俺の美術センスのなさは知ってるだろ？」

「いやー、斬新だったよな……中学の美術で描いた友達の絵、っつーか俺の似顔絵。ありゃ、どう見ても人外の生き物だった」

しみじみと感慨深く言う喜平に、だったら、と改めて抗議の声をあげようとしたところで、喜平は満面の笑みを浮かべてレンを見た。

「でも、お前に頼みたいんだよ」

「……せっかくの船だろ」

「せっかくの船だからだってーの。これ以上は言わせんなよな」

バシン、と鍛えられた身体で力強く背中を叩かれる。

痛ぇよ、という声はあまりに小さく、波の音にかき消されてしまった。

「時々むちゃくちゃ言うよな、お前って……」

「そうじゃなきゃ、お前と二十何年も友達やってねーと思わねぇ？」

「あっ、くそ、一瞬納得しちまった！　すげぇやだ！」

頼んだぜ、と差し出された拳に、迷いながらも力強く拳をぶつける。

どちらにせよ仕事と言われてしまえば、レンに断る理由もなかった。

「……どんなになっても知らねぇからな」

「できるだけカッコイイので頼む。……あぁそうだ、高校の時みたいなのいいよな」

「高校の時？」

「あっただろ！　ほら、小石浜の駅名変わるからって、みんなでいろいろやったとき、新しい駅名のPRだっつって大漁旗学校に飾って……あっ！」

ふ、と、何かを思い出したかのような中途半端なところで喜平の言葉が止まった。

当時のことを思い出していたレンも、つられて首をかしげる。

「なんだよ」

「そうだ、思い出した綾子《りょうこ》さんだ……あれ……」

「……は？」

「ほら、この間お前に会いに盛に行った時、綺麗な女の人を見かけたんだよ。どっかで見たことあるなーって思ってたんだけど、あれ綾子さんだわ。今思い出した」

「へ？　でも何で綾子さんがこの辺にいるんだ……？」

(……あ)

そこで、レンも思い出す。

数日前、釜石で見かけた横顔。

観光客とは異なる雰囲気で、何となく気になってしまったあの姿は……今思えば、彼女のものだった。

「お？　気になっちゃう？」

なんてったって初恋の人だもんなーとからかうように肩を組んでいく喜平から顔をそむけなが

ら、違ぇよ、と否定の言葉を返す。

「そんなんじゃねーっつの」

「照れんなって！　お前の気持ちなんて結構バレバレだったんだし」

「だーかーら！　ほんとにそういうんじゃねーの！　ほら、早く行かねーと親父さんたちに、酒飲みつくされっぞ」

肩に回った手をはがすようにして、先に歩き始める。

後ろから追いかけてくる喜平がやけに楽しそうな声でレンの名前を呼んだけれど、それには振り返らなかった。

◇

小石浜を、恋し浜へ。

そんな話が出たのはレンが高校二年生の夏を終えようかという頃のことだ。

「なんだっていきなり改名なんて……」

夏の大会後に三年生が引退して以来バスケ部主将に任命されたレンは、その頃ようやくその役割に慣れてきたところだった。

中学の頃も同じように主将を任されていたとはいえ、新しいチームでそれをやるとなると、また少し違うものだ。

夏休みから何かとバタバタしていたせいか、どうやら地元では随分話題になっていたらしいその話をレンが知ったのは周りより少し遅れてからになった。

「恋し浜の知名度を上げるため、とか甫《はじめ》さんたちは話していたけどな」

「ふーん……」

部活帰りの汗をかきまくった身体に、夕方の涼しさはちょうどよかった。

ほてった身体を冷やしていく風の中には、ほのかに海の香りが混ざっていて、なんとなく落ち着いた気持ちになる。

「ていうか恋し浜って……まんま、うちの苗字じゃん」

「なー、すげぇよな、自分の苗字がそのまま自分の住んでいるところの駅名って！」

「喜平！　お前、ちょっとおもしろがってねぇ？」

カラカラと笑う喜平をじとりと見ると、そんなことねぇって、態度で返される。

「でも、いいと思うぜ、俺は。もともとお前のとこのホタテもあって、恋し浜っていう名前も知られているわけだろ？」

レンの父親たちが中心となって作っている養殖のホタテは、恋し浜ホタテという名前で各地に売り出されている。

レンが常連として通っているカフェで出している、あの『恋し浜ホタテバーガー』に使われているのもそのホタテだ。

身内びいきを抜きにしても、とっても美味いホタテだし、その人気も上々だとはレンも実感している。

その「恋し浜」にあやかってなのだろうか、最近では小石浜駅を恋し浜として結婚式を上げたがるカップルがいる、という話も聞いたことがあった。

「恋し浜にしたら、それっぽく観光客みたいなのも見込めるだろうし、俺のとこの魚とかお前のとこのホタテとかさ、もっと売りだしていけるだろ」

「まぁ……小石浜よりインパクトはあるかもな、名前に」

「そうそう、そのうち恋が叶う名所～とか呼ばれたりしてな」

なるほど、そう考えて見ると字面の持つイメージというのは大事なのかもしれない、と考え直す。

自分の苗字そのまま、というのは少し複雑な想いもあるけれど、実際、小石浜が恋し浜になるだけで印象はガラリと変わる気がした。

色で例えるなら、一気に鮮やかなピンク色、というか。

(恋って字がインパクトあるもんな、もうすでに……)

乗り込んだ列車の中で、正面に表示されている駅名の並びを眺めてみる。

「ふーん……いいじゃん、面白そう。その話って今どうなってんの？」

「とりあえず住民の声とかを、今集めているところで、数が揃ったら三陸鉄道側に提出するって聞いている」

「おぉ、いいじゃんいいじゃん！　結構その話、動いているんだな！　俺たちも何かやりてーな」

「そうだなー……うちの学校の人間にも知ってもらって、応援してもらうとか？」

「学校かぁ……」

レンたちの通う大船渡高校は、三陸鉄道小石浜駅から四駅ほど乗った盛駅が最寄りとなっている。

同じ学校に通う人間の中には三陸鉄道の利用者も少なからずいるし、中にはレンたちのように小石浜から通っている生徒もいる。

そういう生徒たちを中心に何かできたら、面白いかもしれない。

……あいにく、その何か、はすぐには思いつかないのだけど。

「うちの生徒にも協力してもらって……こう、なんか、パーッと祭りみたいな……」

『文化祭とか？』

「そうそう、文化祭……へ？」

突然聞こえてきた第三者の声に驚いて顔をあげると、そこにはさっきまでいたはずの喜平ではなく、長い髪をゆるくサイドで一つにまとめたやわらかな雰囲気の女子が立っていた。

制服は、レンたちの通う大船渡高校のもので、短すぎないスカートが上品な印象だ。

少し色素の薄い、丸くて大きな瞳が、じっとレンを見つめて微笑みかける。

「りょ、綾子さん⁉」

「ごめん、驚かせちゃった？　さっきから何回か声はかけていたんだけど……」

「気にしないでください。こいつがぼんやりしていただけなんで」

いつの間にか移動して隣に座っていた喜平が、ガシガシと半ば乱暴にレンの髪を乱す。

やめろ、とその手から逃れて、レンは気持ち丁寧に髪を直した。

目の前に綺麗な女子がいれば、多少カッコつけたくなるのは男としての性《さが》だ。

たとえその様子を、隣で幼なじみがにやにやと眺めていて、少々居心地が悪くても。

「で、お祭りがどうかしたの？」

「えっと……うちの地元、あの、小石浜が改名するらしいって話があって」

「あ、それ私も聞いたよー。レンくんと同じ名前になるんだよね？　恋し浜」

すっと伸びた指が、列車の窓に恋し浜、という文字を綴る。

冬場ならまだしも、曇っているわけではない窓にその字がはっきりと映ることはなかったけれど、綾子の字が恋と綴るその仕草だけで妙にドキリとしてしまった。

綾子は、レンたちよりも一つ上の三年生だった。

釜石市の唐丹《とうに》駅、から通っているという珍しい生徒の一人。

美術部に所属している彼女は、いつも随分遅くまで校内に残っているようで、夏休みもほとんど毎日学校に通っていた。

同じく夏の間、同じようにほとんど毎日部活のために学校に通っていたレンは、同じ時間の列車に乗り合わせることが多く、なんとなく話をするようになったのがはじまりだった。

祖母と同じ、釜石市に住んでいるということも話題のきっかけにはなったのかもしれない。

大船渡市と釜石市は隣合う市であっても、意外と交流は少ないのだ。

美大を目指しているのだ、といつだったか彼女は教えてくれた。

だから受験勉強と平行して、毎日遅くまで美術の勉強のために部室に残っているのだと。

その話をするときの綾子はどこか楽しそうで、レンはそんな彼女のひたむきさや真っ直ぐな情熱が好きだった。

当時のレンは結構いっぱいいっぱいで、それこそ地元駅の改名、なんて大きなニュースすらも気づいていないほど毎日に追われていた。

社会人になってからの忙しさに比べればなんてことない、なんて今なら思いもするが、その頃のレンには、すべてが世界を揺るがすくらいの大事で、必死だったのだ。

主将としての立場、本格的に考えなければならなくなってきた進路の話……。

休み前に配られた進路調査表には家を継ぐと書いたものの、本当にそれでいいのか、なんて自分でもわかっていなかった。

そうするものだと思っていたから、ただそれだけで半ば事務的にその言葉を書いた。

たぶんこのまま卒業して、家を継いで、ずっと地元で生きていくんだろうな……と、そんな漠然とした未来だけは見えていて、それに不満があるわけでも、反抗してまでやりたい何かがあるわけでもなくて。

そんな中で彼女と話す時間が、なんだかとても新鮮に思えたのは事実だ。

「レンくんたち、何かするの？」

「あ……いや、何かできたらいいなってだけで、まだ何とも……」

「じゃあ、決まったら教えて？　私もそれ、協力する！」

「……はい」

初恋、なんて、そんな甘酸っぱいものじゃない。ただ憧れていただけだ。

見かけは柔らかいのに芯が通っていて、ぴんと背筋を伸ばして目標に向かっていく、その姿に。

◇

（……夢まで見るって、意識しすぎだろ）

翌日は休みの日だったため、レンは恋し浜の実家から釜石へと向かった。

祖母のハル江に頼まれていた買い出しの品々を届けるためである。

かさばる物や重い物を購入する場合は、一人暮らしの身ではなかなか面倒らしく、まして今は市街を少し抜けた高台に暮らしているために、出かけるのも大変だった。

放っておくと、ある物ばかりで食事も生活も済ませようとする祖母を見かねて、時間があるときには釜石に来るようにしている。

祖母の作る美味しい料理も、ここに来る理由の一つではあるのだけど……。

レンがいればハル江もきちんと料理をしようとするし、それはそれでちょうどいいのかもしれない。

普段は大船度市から釜石市まで車で移動することが多いが、昨日は喜平のところで飲み、そのまま実家に泊まったので車は盛駅に置いたままで、今日は南リアス線で恋し浜駅から釜石駅へ向かうことにした。

平日の日中ということもあって、車内は静かな空気に包まれている。

差し込んでくる日差しが心地よくて、ついうとうととしているとあっという間に釜石に到着した。

駅を降りたところで、釜石駅に新しく置かれていたノートが目に入る。

そういえばあのクリーム色のメモは、結局捨てられずに手帳に挟み込んだままだ。

なんとなく気になったまま、けれど何ができるのかも思いつかなくて。

（……なんか珍しく頭使ってるせいか、頭痛ぇ……）

綾子のこと、あのメモのこと、仕事のこと、喜平からの依頼のこと。

もともと幾つものことを平行して考えることが苦手なレンにとって、今のような状況ははっきり言って苦手だ。

（つーか綾子さんのことは別に考えなきゃいいんだよな。たぶん、たまたま実家に帰って来ていただけなんだろうし）

そう考えて、まずは一つ目の考え事をクリアにしようとした瞬間だった。

「……！」

ぼんやりとしていたレンの、目の前を通りすぎていこうとしていた人影に思わず手を伸ばす。

あ、やばい、これじゃ不審者だ、なんて冷静な思考が戻ってきたのはその人の名前を呼んだあとのことだった。

「綾子さん！」

突然のことに目を丸くしてこわばっていた表情が、次第に緩んでいく。

そうしてレンの姿を認めた瞬間、彼女は小さく言葉をこぼした。

「……レンくん？」

凛とした中にわずかな甘さを含んだ、穏やかな声。

人が人を忘れるときに最初に忘れるのは声だ、なんて言ったのはどこの誰だろう。

こんなにも鮮明に、覚えている。

「お久しぶり……デス」

意識するな、なんて無理な話だった。

憧れてやまなかった彼女が、目の前にいる。

記憶よりも少し大人びた姿で……。

「びっ……くりしたぁ……急に腕掴まれるから、何かと……」

「うわっ、す、すみません！　つい、勢いっていうか」

「ふふ……」

慌ててつかんでいた手を離すと、肩を震わせながら綾子さんが笑い出す。

「変わってないね、レンくん」

「え、そう……ですかね……ちょっとはいい男になったと思うんですけど」

「ははっ！　そういうとこ、ホント変わってない。びっくりしちゃった。なんで釜石に？」

「あ……うちって、ばーちゃんが釜石なんすよ。それで時々、買い出しの手伝いとかしに来ていて……」

「そっか、そうだったね。なんだ、じゃあもしかして結構すれ違っていたのかな？」

返された言葉に違和感を覚えて、え、とそのまま声に出てしまう。

なぜなら綾子は、とっくに地元を出て暮らしていると思っていたからだった。

綾子には、その戸惑いは伝わっていないようだった。

「えっと……綾子さん、帰ってきてたんですか？」

「うん、短大出てからはずっとこっち」

「そうだったんすね……」

地元にいたのなら、少しくらいすれ違うなり話を聞くとかあってもいいと思うのだが……と考えて、そういえばこの数年、高校時代の友人とはあまり連絡をとれていなかったことを思い出す。たまに飲みの誘いがあっても予定が合わなくて行くことができなかったり、なんだかんだと休みが合わなくてそのままだった。

新しい仕事に慣れることに必死で、なかなかそこまで頭が回らなかった、ということもある。

「レンくんは、お家の仕事を継いだの？」

「あー……や、そうなんですけど。今は違うことやってて」

「違うこと？」

「ハイ。いわゆる鉄道のおにーさん、ってやつで」

なんとなく照れくさくて、曖昧な言い方になってしまう。

不思議そうに首をかしげた綾子に、降りたばかりの車両を指差して、ここで働いているんです、と続けた。

「て言っても、運転士とかじゃないんですけど。今は盛駅にいます」

「へぇ、懐かしいな、盛駅。ごめんね、駅の仕事、ってあまりピンと来なくて……どんなことしてるの？」

「主な仕事は、イベント列車の段取りや旅客サービスに関わる仕事ですね。その延長で地域住民のサポート的なこともやってるんですけど。駅に来る人の悩みを聞いたり、イベントとかの手伝いしたり……えぇっと、まぁ、要するに何でも屋みたいな」

散々違うと否定してきた表現のはずだったけれど、他に適当な言い方が見つからず結局レンは何でも屋、という言葉に逃げてしまった。

……いや、わかりやすさは大事だと思う、何事も。

「あと……あ、そうだ。こういうノート回収して、コメントを返してみたりとか……」

「え？」

綾子に、ちょうど手に持っていたノートを掲げて見せた。

「そのノートって」

「見たことありました？」

「あ、ううん、えっと……見たことはあるんだけど、何かなって思っていたから……」

「あー、ですよね！　俺もこの仕事始めてからまともに見るようになったんですけど、結構面白いんですよ。いろいろな人がそれぞれの立場でいろんなこと書いていて……」

「で、でもすごいね、レンくん！　相変わらず面白そうなことやってるんだ」

「面白い……」

「あ、違うよ？　馬鹿にしているとかじゃなくて……レンくん、昔から人助けとか、人と人をつなげたりとか上手だったでしょ？　高校の時もそうだったたし」

「いや、そんなことは……あ！　そうだ！」

ピン、と頭の中で何かがひらめく音がした。

古典的な表現をすれば、電球がついたようなイメージ。

綾子さん！　とその勢いのままに名前を呼んで、両肩をつかむ。

「あの、急にすみません、お願いがあるんですけど」

「お願い？」

「大漁旗、デザインしてくれませんか？」

「えっ？」

「ほら、高校時代の恋し浜の旗みたいなやつ！」

「あ、あぁ……あれ……」

ホタテやハートをモチーフにした、恋し浜の大漁旗。

どこか可愛らしいのに勢いがあって、恋し浜、という地名にぴったりだと思った。

あれを描いた、彼女なら。

「憶えているかわかんないんですけど、俺の幼なじみで喜平ってやつがいて、そいつが今度、船を新しくするんです。津波で流されたけど、ようやく新調できるって言って……それで俺が名づけと大漁旗のデザインを頼まれていて」

「喜平くん……うん、なんとなく覚えてる。そっか、船……」

一瞬、綾子の表情が曇ったような気がしたが、それは話題の性質上仕方のないことだと、今は見ないふりをする。

大切なのは過去じゃなくて、これから。

今、前に進もうとしている喜平の背中をどう押してやれるか。

レンにできる精一杯で、それをしてやりたい。

「喜平が言ってたんです、高校の時みたいなのいいよなって……俺もあれ、すげー覚えてます。綾子さんが一生懸命描いてくれて、めちゃめちゃかっこよくて」

「ありがとう。恥ずかしいな、なんだか」

「だからお願いします、綾子さん。喜平の大漁旗、描いてやってくれませんか」

必死に頼み込むレンの顔を、綾子はしばらく見つめていた。

けれど、だんだんとその眼差《まなざ》しは逸らされて、目線が遠くなる。

「……ごめん、レンくん。それはできないよ」

「え……」

「私ね、もう絵は描いてないの」

きゅっと眉を寄せて、さみしそうな笑顔で綾子は言う。

「船の新調って、すごいことでしょ？　そんなすごいことに、私なんかの絵は使えない。ごめんね」

「綾子さん……」

「ごめん、これから仕事なんだ。また今度ね」

「あ、はい。呼び止めてすみません……」

「ううん、私も久しぶりに話せて楽しかった。それじゃあね！」

さらりと身を翻して、綾子はホームを抜けていく。その背中を追うことがなんとなくできなくて、レンはその場にしゃがみこんだ。

「おーいレン、そんなとこいたら邪魔だぞ。なんだ、今の姉ちゃんにフラれたか？」

たまたまその様子を見ていた三陸鉄道の運転士が、遠慮のない声をかけてくる。

「いやいや……黙って感傷に浸らせてくれないっすかね」

「感傷？　お前が？　意味わかって言ってんのか？」

「いくら俺でもわかりますって！」

（ったく、おちおちセンチメンタルにもなれねー）

このままここにいてもからかわれるだけだなと思い直して、立ち上がる。

駅を出ると、もう綾子の姿はどこにも見えなかった。

◇

「……なんか綾子さん、おかしかったんだよなー」

夜になり、釜石からバスを乗り継ぐこと約2時間。

久しぶりに訪れた宮古の地で、レンはぼそりと呟いた。

その呟きを丁寧に拾って、隣に座っている男がグラスを静かに置く。

「その先輩と会ったのは、高校ぶりだと言っていたな」

彼は『田野畑ユウ』。

三陸鉄道北リアス線の宮古駅に勤務をしている、レンの同期だ。

「おう。高校出て、綾子さんはそのまま上京したから。美術系の大学行くって言ってたな……」

「それじゃあ昔と同じまま、というわけもないだろ。いろいろな経験をして考え方や性格だって変わっているかもしれない。考えすぎじゃないか？」

「そりゃそうなんだけど、そういうことじゃなくてさぁ……」

ユウの言葉はいつでも冷静で、その分析も正確だ。けれどそれは、今レンの心の中の引っ掛かりを消してはくれなかった。

綾子との再会から、何かがずっとレンの中にひっかかっている。

それは彼女の見せた見慣れない笑顔のせいかもしれないし、大漁旗のデザインを「できない」ときっぱり断られたせいもあるのかもしれない。

「高校の頃の綾子さんて、見た目は穏やかでふわふわした感じなんだけど、すごく芯があって……カッコいい人だったんだよなぁ」

「なになに、レンくんの恋バナ？」

「……そういうんじゃないっすよ、みや子さん」

トン、と目の前に置かれた茎わかめのきんぴらをつまみながら、小さくため息をつく。

彼女はユウが常連になっているこの店の孫で、数ヶ月前から店を手伝っているらしい。

ユウに会いに宮古に来ると、大体この店で飲むことになるので自然と交流も増えていた。

「そういえば、みや子さんてもともとは東京の人だっけ……」

「うん、そうだよー」

ふ、と思いだして尋ねてみる。

少し前に、ユウと東京の話で盛り上がっていたのを、レンはなんとなく隣で聞いていたのだ。

ユウも大学進学を機に上京して以来数年は向こうで暮らしていたというし、改めて考えると今この場にいる中で地元を出たことがないのはレン一人、ということになる。

「どういう人なの？　その、綾子さんって人」

「どういう……って……うーん、綺麗な人？」

「わかりやすいようで、まったくわかりづらい説明だな、それは」

「つったってさぁ……」

「あっ、わかった。レンくん、照れてるんだ？」

にっと笑ったみや子に指摘されて、思わずかぁっと顔に血がのぼる。

「照れてるわけじゃないっすよ、別に！」

「レン、顔が真っ赤だぞ」

「これは！　ちょっと飲み過ぎたっていうか！」

「日本酒もワインもぱかぱか空けて、いつも平然としているようなやつが何言ってるんだ」

「レンくん、ほんとお酒強いもんねぇ。ユウさんもうちのお店のお客さんたちもそうだけど、東北の人ってみんなそうなのかしら……」

「とにかく違うから！　綾子さんはそういうんじゃねーの、ほんとに！」

ふ、っとこぼすような冷静なユウの笑い声と畳み掛けるようなみや子の言葉に、思わずムキになってしまう。

物腰やわらかな好青年で通っているらしいユウだけど、レンは出会ってからこれまで彼にそんな印象を抱いたことがない。

あえて言うなら「物腰やわらかな好青年風」といった感じだ。

乗客に接している時や仕事中の姿は確かに落ち着いていて穏やかだけど、芯の部分は意地が悪いし頭の回転がいいだけにタチが悪いとレンは思う。

「ったく……たまには俺の話も真面目に聞いてくれていいと思うんすけどー」

「俺はわりと真面目に聞いているつもりだぞ。で、お前は一体何がそんなに引っかかっているんだ？」

「引っかかってる、っていうかさぁ……」

夢に見た光景を、思い出す。

夢とは思えないほどに鮮やかで、まだ彼女の記憶はこんなにも鮮明なのかと自分でびっくりした。

けれどそれもそのはず、そもそも高校時代のレンが進む道を決めた一番のきっかけは、彼女だったのだ。

「……いつも、絵を描いててさ」

「ん？」

「三鉄の列車の中で。なんだっけな、く、クッキー帳……」

「……もしかして、クロッキー帳のこと？」

「そう、それ！　そんな名前のやつ！　クリーム色の紙の薄いノートみたいな……」

「……そのクロッキー帳がどうしたんだ？」

「あ、うん。そのクロッキー帳に、いっつも鉛筆で絵描いてたんだよ。一緒の列車になるたびに、綺麗な人がいるなぁとは思ってたんだけど……その人が描く絵がずっと気になってて……それで、話しかけたんだ」

『何描いてるんですか？』

今思い出すと少し情けない、緊張してわずかに上ずる声を抑えながら声をかけた、あの頃の自分を思い出す。

でも、あれがなければ、いくら同じ列車に乗り合わせているからって、彼女と話をするようにはならなかった。

「海とか、駅の風景とか、列車の中とか……そういうものをいっぱい描いてたんだ、綾子さん。もうすぐここを出て行くから、今のうちに描いておくんだ、って言って」

そこで初めて、彼女が自分より年上だということを知った。

卒業や進路に対して、レンより一年早く身近に迫っていた綾子は、当時のレンには随分と大人に見えたのを覚えている。

「その絵見せてもらったらすごくいい絵で。や、上手い下手以上のことなんて俺にわからないだろって言ったらそりゃそうなんだけど……なんか、この人は本当にここが好きなんだなぁって。で、絵描くのも好きなんだなって……そういう、好きって気持ちがすごく伝わってきたんだよな」

好きなものを選ぶために、自分の好きな場所から旅立っていく。

それは人が成長していく上で、いつか当たり前に経験することなのかもしれないけれど、レンにとっては衝撃だったのだ。

「うちの実家は漁師だし、周りもそういう家系が多かったから地元から出てくやつは少なくって……ま、カルチャーショックってやつだったんだろうな、今思うと！」

だんだんと本当に照れくさくなってきて、勢いのままに話を締める。

高校時代の思い出は、たとえそれが恋じゃないとしても、甘酸っぱいしこそばゆい。

できれば酒のせいにして忘れてもらおう、そう考えながら残りの日本酒をあおろうとした。

「……もしかすると、思っている以上にデリケートな話なのかもしれないな」

ぽつりと、ユウがつぶやいた。

「デリケートって、何が」

「その綾子さん……どうして、こっちに戻って来たんだ？」

「えっ……？」

「もう絵は描いてないって言っていたんだろう。何か理由があると考えるのが普通じゃないのか？」

（たしかに……そういえば、なんで戻って来たんだろう……綾子さん）

短大を出てから、そのままずっと地元にいると言っていた。

強い決意を持って夢へ向かっていった姿を思うと、たしかにユウの言うとおり。

今の彼女には何か理由があるのかもしれない。

「それなのに気になるとか、悪趣味かなぁ……」

「いいんじゃないのか、悪趣味でも！」

「へ？」

「うだうだと頭で考えているより、勢いで行動に移したほうがお前らしいと思うけどな」

「……何かそれ、あんまり褒められてる気しねぇけど」

「まぁ、褒めてはいないな」

「だよねーって、おいおい！」

それでも、きっと彼なりに励ましてくれているのだろうということはわかる。

レンは黙って、ユウの空いているお猪口に徳利を傾けた。

◇

「レン、待合室にお客様が来てるよ」

ユウと飲んだ日から数日。

次回のイベント列車に関する協力企業との打ち合わせ業務を終えて、事務所に戻ったレンにミヨさんから連絡が入った。

急いで三陸鉄道の事務所から離れている盛駅の待合室に向かうと、ちょうど列車も行ったばかりだったのだろう、待合室はエアポケットに入ったかのような静けさに包まれている。

人気もないその場所に、一人、椅子に腰掛けて佇む女性の後ろ姿が目に入った。

「えっ、綾子さん……」

驚いて思わず声を上げたレンに気づいて、綾子が顔を上げ、ゆるいほほ笑みを浮かべる。

「ごめんね、急に来ちゃって。レンくん、盛駅にいるって言っていたから来れば会えると思って」

「あ、いえ！　でも、待ったんじゃないすか？　今日はずっと外だったから……」

「ううん、ちょっと前の列車で着いたとこだったから。ずっとミヨさんと話してたし」

「随分久しぶりだったからびっくりしたけどね。あんた、戻ってたんなら教えてくれればよかったのに」

「ごめんなさい、なかなかこっちまで来ることってなくて」

「まぁ釜石に住んでればねぇ……あのへんも随分賑やかになったんじゃないの、最近は」

「そうですね、私は仕事以外では釜石のイオンに買い物に行く程度ですけど、少しずつ変わってきていると思います……」

レンを挟んで、自分とは関係なしに進む会話に戸惑いながら両者を見るレン。

（ていうかミヨさん、綾子さんとも知り合いかよ……）

するとミヨさんが、そのレンの様子に気づいて、にぃっといたずらに笑った。

「あたしを誰だと思ってるんだい。大船渡高校の生徒でこの駅を使ってたコとは、みんな顔見知りみたいなもんだよ」

「あ……そっか」

レンが学生の頃から、ミヨさんは盛駅にいたのだ。

今だって毎朝学生たちに挨拶をされている彼女が、大船渡高校に通っていた綾子と知り合いだとしても、何も不思議はない。

「ミヨさん、全然変わってなくてびっくりしちゃった」

「そりゃそうさ。私はこの駅を利用するみなさんの笑顔から、元気の素をもらっているからね」

「そういうところもほんと変わってない！　でも元気そうでよかった」

ミヨさんと話しながら笑顔を浮かべる綾子の横顔は、この間とはまた少し違って見える。

どちらかと言えば記憶の中の、高校の頃の彼女の姿に近いような気がしてレンは心の中でそっと息をついた。

この間のような彼女とは、どう接すればいいのかまだわからなかったから。

「レン、あんた仕事は一段落したんだろ」

「あ、うん、とりあえず午前の仕事は……」

「ならちょうどいい。綾子ちゃん、こいつ連れてっていいよ」

「……いいの？」

「そのために来たんだろ」

「……すごいなぁ、ミヨさん。ほんと、相変わらず」

はにかむように笑って、綾子はレンを伺うように表情を向ける。

「いい？　レンくん」

「あっ、えっ、一応上司の許可をとらないと！　ちょっと待って、話して着替えてくる！」

「なに気取ってんだか。大して変わんないだろうにねぇ」

「このカッコだと目立つの！　せめて上は脱ぐ！」

そう言うが早いか、レンは猛ダッシュで事務所に走り込んだ。

上司に現状を説明しに行くと、すでにミヨさんから連絡が入ってたらしい。

少し渋い顔はされたものの、休憩も兼ねて、ということでＯＫが出た。

上着だけ脱ぐと、ロッカーにかかっていたグレーのパーカーを手に取る。

ふと気になって、軽く匂いを嗅いでみた。

大丈夫、セーフ。

急いで駅の待合室に戻ると、ミヨさんがじっとレンの格好を上から下まで眺めて目を逸らした。

（えっ、なんですかそれ！　めっちゃ気になるんだけど！）

尋ねたかったけれど綾子の前であまりみっともないところを見せるのも嫌で、気にしないふりで売店を眺めている綾子の方へ向かう。

売店と言っても、簡易的なスペースにわずかに商品が並んでいるようなところだ。

会計だって特別にあるわけじゃなくて、その時に駅の事務室にいる職員が交代で担当している。

主に、ミヨさんだろうか……。

その中の一角をやけに真剣に眺めている綾子に、なんだろうと不思議に思いながら近づいていったレンはその場でぴたりと足を止めた。

彼女の視線の先にあるものに、覚えがあったからだ。

「あ、あの、綾子さん……何を見ていらっしゃるんでしょうか……」

ヘタクソな敬語で尋ねるレンを振り返って、綾子が楽しそうに笑う。

その向こうに見えるのは、自分の姿。

入社したばかりの頃、これも仕事だから、と半ばそそのかされるような形でユウと一緒に撮ったポスターだ。

一緒にと言っても撮影場所は違う。

ユウは田野畑駅で、レンは恋し浜駅で……。

三陸鉄道の本社で写真担当をしている職員さんの提案で、それぞれの苗字にちなんだ場所で撮ろうと言われたのを憶えている。

当時はやめてくれ何の冗談だ、と思ったものだけど、それ以来定期的にポスターのモデルになるのも、レンとユウの仕事の一つになっている。

「これ、すごくよく撮れてるね。カッコいい」

カッコいい、だなんて。

こんな笑顔を向けてもらえるなら、モデルになるのも悪くないかもしれない。

照れくささよりも先に湧き上がってきた想いは、随分とゲンキンなものだったけれど、まぁ、そんなものだ。

「や、なんか知り合いに見られるのめっちゃ恥ずかしいんですけど」

「そう？　でも本当にいい写真。レンくんっぽい」

「そ、それより綾子さん、お腹空いてません？　メシ行きましょ！　おすすめの店あるんで」

「あ、うん。じゃあミヨさん、レンくん借りますね」

「返さなくてもいいよ」

「またそういうこと言う！　んじゃ、いってくんね！」

「ハイハイ、気をつけな。ちゃーんとエスコートすんだよ」

ひらひらと手を振りながら見送ってくれるミヨさんに背を向けて、レンは綾子を連れて外へ出た。

「綾子さん、好き嫌いとかありましたっけ」

「ううん、結構なんでも平気」

「じゃあ良かった。五分くらい歩くんですけど、メシのうまいカフェがあるんですよ」

「へー、楽しみ」

「俺の同期……あ、さっきのポスターに一緒に写ってたやつ。あいつの実家が酪農やってた上に東京でバイヤーとかいう仕事の経験があるらしくて、ワインとかチーズとか詳しいんですけど。で、前に連れてったらそいつもかなりレベル高いって絶賛してて」

（あれ、なんだ……この感じ）

隣に並んで歩く、それ自体は初めてのことじゃないはずなのにどうしてか落ち着かなくて、ぺらぺらと色んな言葉が口から出てくる。

沈黙を恐れているような自分に違和感を覚えて動揺する。

あの頃、彼女と過ごした時間の中には、当たり前に沈黙も含まれていたのに。

しょっちゅう通っている、たった五分の距離がやけに長く感じた。

◇

「いらっしゃいませー……あら、レンくん！」

店に入ると、いつもの声がレンを迎える。

カウンターの向こうでおうっと顔を上げたマスターは、レンの隣にいる綾子を見て、にんまりと笑った。

ちょいちょいと手招かれて、一瞬顔をしかめながら綾子の方を振り返る。

「……カウンターでもいい？」

「うん、いいよ」

綾子の許可も得てしまって、仕方なくレンは諦めたようにいつも通りカウンターの端に座った。

綾子は、その隣に。

「なんだよレン、こんな美人連れてくるなら先に言ってくれよ」

「言ったらなんかいいことあんの」

からかうような声に、返す言葉はどうしたって憮然としたものになってしまう。

こういう状況って慣れなくて、なんだかやりにくい。

店のセレクト間違えたかな……とひっそり後悔するレンをよそに、店長は綾子に親しげに話しかけていた。

「美人にはカウンターに座ってもらうと嬉しいですよ」

「えっ、そんな……ありがとうございます」

困ったように笑う綾子を見て、レンはきっ、と小さくマスターを睨む。けれどそんなの気にした様子もなく、マスターは話を続けた。

「やる気も出るしね。この辺の人？」

「あ、えっと……住んでいるのは釜石です」

「釜石？　わざわざ来たの、こっち」

「はい。……レンくんに会いに」

ちらっと、視線だけがわずかにこちらに寄せられる。

その動きに一瞬ドキリとして、レンは落ち着こうとワイングラスに入れられた水を一気にあおった。

「へぇ～……レンに、会いに」

「なんだよ」

「レンに会いに、ねぇ」

「だからなんだっつの！　いいからさっさと作れよ料理！」

ニヤニヤという擬音が聞こえてきそうなその表情の居心地の悪さに吠えると、隣からクスクスと笑い声が聞こえてくる。

あぁ、もう。彼女の前ではカッコ良くいたいし、落ち着いた姿を見せていたいのにどうにもうまくいかない。

もっとも、これが恋し浜レンという人間なのだから仕方ないのだろうけれど。

「そういえば新メニューは思いついたか？」

新メニュー？

ともう一度その言葉を繰り返して、この間店に来た時のことをようやく思い出した。

「やっべー」

「忘れていたな、さては」

「や、考えてる考えてる！　やっぱホタテかな、ほら、恋し浜ホタテ！　な！」

「顔に書いてあんだよ、嘘のつけないやつめ」

「いやでもこれはまじで。恋し浜ホタテで恋の叶うパスタ～とか、キャッチーな感じじゃん！」

「キャッチーって言葉似合わんなぁ、お前。でも、なるほど……恋の叶うパスタ……」

意外と何か引っかかるものがあったのか、ヒゲを軽くなでながらふむ、とマスターが考えはじめる。

そんな二人のやりとりを見ていた綾子は、驚いたように目を丸くしていた。

「メニュー、考えるの？　レンくんが？」

「あー、いや、これも依頼っていうか……マスターは俺の仕事便利屋だと思ってるとこあるから」

「思ってねぇよ、鉄道ダンシ！」

「その呼び方はやめてくれ……」

鉄道ダンシというのは、レンとユウについたあだ名だ。

先ほど綾子も見ていたレンとユウのポスターは思いのほか評判がよく、いつしか鉄道ダンシというユニット名のようなものをつけられるようになってしまった。

ちなみに、ポスターにもしっかりその名前は載っている。

とはいえこの年でダンシ、と呼ばれることにはやっぱり複雑な想いもある。

いろいろと考えるお年頃なのだ。

「本当に変わらないね、レンくんは」

ぽつり、と小さく零された言葉に、今度はレンが目を丸くする番だった。

「え……？」

「高校の頃とおんなじ。いつも誰かに頼られていて、人の真ん中にいるの」

「そうっすか？　なんか照れますね」

「私は……随分、変わっちゃった」

ふっと浮かんだ笑みはとても笑っているようには見えなくて、けれどどんな言葉をかければいいのかもわからなくて、レンは戸惑いながらただ綾子の横顔を見つめるしかできなかった。

「何、言ってるんすか。変わってないですよ、全然」

何とか絞りだした言葉はいつも通りの明るい響きになるようにと努めたけれど、果たしてうまく出来ていただろうか。

「変わって、ないです。相変わらず綺麗だし」

「ふふっ。そんなこと言ってくれるの、レンくんくらいだなー」

「いやいや、ないでしょそれは」

「だってねぇ、職場は女の人ばっかりだし……だからあまり気も遣わなくてね。東京にいた頃は私もそれなりにオシャレとかしてたんだけど。同世代の子もほとんどいないの。あ、みんないい人なんだけどね」

そのタイミングで、カウンターの向こうから白い皿が二つ、こちらに並べられる。

丁寧に盛りつけられているのは、黄金色の大きなホタテのフライがはさまれているレンのおすすめメニュー『恋し浜ホタテバーガー』と鮮やかな緑色の付け合わせ野菜。

「わぁ、美味しそう！　すごい迫力！」

明るい声を上げる綾子にほっとしながらカウンターの方を見ると、マスターが軽く肩をすくめて笑った。

気を遣ってか、すぐに奥の調理場の方へ行ってしまうその後ろ姿に、レンは感謝しながらいつものようにバーガーを専用の紙に包み、かぶりつく準備を始める。

稜子は高さのあるそのホタテバーガーを、どう食べるべきか悩んでいた。

「少し上下に潰すような感じにしてかぶりつくと食べやすいですよ。こんな風に」

お手本のようにバーガーを軽くつぶして紙に包むと、レンはいつものように、思い切りかぶりついた。

「恋し浜の最高のホタテがベースになってるんです、これ。めっちゃうまいんで、食べてみてください！」

そのレンの食べる様子につられて、覚悟を決めた綾子もバーガーにかぶりつく。

ホタテと一緒に挟まれているタルタルソースのようなものをこぼさないよう、気をつけながら一口食べた瞬間、綾子の表情が華やいだ。

「美味しい！　こんなの初めて食べる！　フライなのにくどくないし、ホタテも肉厚でタルタルソースも美味しくて！」

「美味いでしょ！　恋し浜のホタテは最高なんです！」

しばらく無心で食べ進む綾子を見ながら、レンはさりげなく、話題を彼女へと向けた。

「そういえば綾子さんて、今は何の仕事してるんですか？」

「普通の事務だよ。父親の紹介で」

絵はもう描いていない、と言っていた。

だから少し緊張しながら聞いたのに、あまりにもあっさり返ってきた言葉に拍子抜けする。

逆を言えば、あっさりしすぎていてなんだかおかしかった。

「なんで戻ってきたんですか?」

聞いたぞ、という妙な達成感と共に身体がこわばる。

こういうことは詮索しないで流すのが、大人としては正しいのかもしれない。

けれど、たとえ大人じゃなくても、正しくなくても、レンは知りたかった。

綾子の浮かべる、表情の意味を。

その理由を。

「んー……震災で」

カチャ、と、付け合わせの野菜を食べていたフォークを置く音が、やけに響いて聞こえる気がした。

きっと、気のせいだ。

「家、駄目になっちゃったんだよね。それで……まぁ親も落ち込んじゃって、ちょっと放っておけなくて。ちょうど短大も卒業のタイミングだったし……」

「就職とか、決まってたんじゃないすか? 3月だと……」

「就職っていうか、そのまま編入で美大に行く予定だったんだけど……美大ってお金もかかるしね、それどころじゃないかなぁ、って思って。そのまま戻って来ちゃった感じ」

口元に笑みを浮かべながら話す綾子の表情には、覚えがあった。

あの日からいろんな場所で、何度も見てきた表情だ。

大丈夫、と、そう周りに示すように……自分に言い聞かせるように。

癒えていないからこそ、そうして話す。

時間が経って、少しずつ元に戻っていく町並みの中でそれでもどうしたって戻らないものはあって、戻せないものもたくさんあって、それでも前に進まなければいけないとわかっているから。

わかっているのだということを、見えない誰かに主張するかのように、彼らは笑顔を浮かべる。

その笑顔を、レンは崩せない。

「……親は、気にしているみたいだけど」

「え？」

「なんかね、自分たちのせいで娘の夢を奪っちゃったーみたいに思っているの。そんなことないのにねぇ」

静かに笑う綾子に、レンの胸はぎゅうっと痛くなる。

それでもレンは、どうしていいかわからない。

何を言えば、彼女に届くのかがわからない。

「……私が決めたことだから、いいのに」

それはきっとレンに聞かせることを目的とした言葉ではなくて、だからレンは、聞こえなかったふりをした。

らしくないな、と脳内でユウの声が響く。

あぁ、わかってるよ、そんなこと。

でも、この人を前にするといつもそうだ。

昔っから、そうだ。

綾子を前にして、レンがレンらしくいられたことなんてない。

いつも何とか取り繕っているだけで。

(そういや……あん時もそうだったな)


食事の皿が下げられ、香りのいいコーヒーが並んだ。

その香りに、気持ちが少し緩む。

まったく、タイミングが良すぎると思った。

これ以上はきっと、余計なことを言ってしまっていただろうから。

パチリと目が合うと、マスターがめったに見せないような優しい顔で笑う。

ここにも敵わない人がいるなぁと思いながら、レンはコーヒーを口にした。

ゆっくりしてしまったせいで、次の列車で戻らなくちゃいけなかったらしい綾子は先に慌てて店を出て行くことになった。

◇

逃したら次は二時間半後だ。

美味しかったです、ごちそうさまでした、と一言添えていくことを忘れずに出て行った後ろ姿に、そういうところは変わらないんだなとぼんやり思う。

「レンの彼女か」

カチャカチャとランチの片付けをするマスターに尋ねられて、レンは机に突っ伏しながら答える。

「ちげぇよ」

「だろうな」

「……」

初恋の人、だの散々言われても否定してきたが、あっさりそう言われてしまうとそれはそれでなんだか複雑だ。

釣り合いがとれる、なんて思っているわけじゃないけれど。

「美人だけどワケありっぽかったな」

「……そう思う？」

「なんつーかな。どっか心ここにあらず、っていうか……」

「だよなぁ……」

はぁ、と思いのほか深いため息に、コーヒーのおかわりが差し出された。

サービスらしい。気を使われていることに、なんだか凹む。

「あんな風に、笑う人じゃなかったんだよ」

レンの知っている綾子の笑顔は、もっと清々しいものだった。

そのやわらかな外見に反してどこか力強くて、見ているだけでこちらが元気になるような。

あんな……泣きたくなるような笑顔を浮かべる人じゃ、なかったのに。

◇

「レンくん、見てみて！」

珍しくはしゃいだ声で綾子に話しかけられたのは、小石浜の改名話を知ってから数週間後のことだった。

いつも通りの南リアス線の車内、帰り道でのことだ。

その時のレンは、つい数日前に受けた小テストのあまりの出来の悪さから出された大量の課題をこなすことに精一杯だったけれど、綾子の声でそれが吹き飛んでいった。

ゲンキンなのは自分でもわかっている。

「どうかしたんすか?」

パタンとさりげなく教科書を閉じて鞄にしまいながら(間違っても綾子に、小テストの結果は知られたくなかった)顔をあげると、じゃーん、と楽しそうな声とともにいつも綾子が持っているクロッキー帳が目の前に掲げられた。

「どう? どう?」

「どうって言われても……見えないっす、近すぎて」

レンの眼前ぎりぎりまで迫っていたそれには、何かが描かれていることはわかるけれどそれだけだった。

視力にはかなりの自信があるレンだけど、なるほど近すぎると見えないものもあるのだな、なんて妙に哲学的なことを考えてしまう。

「あ、そっか。ごめんごめん」

綾子がこんな風にはしゃいでいるのは、珍しかった。

少し遠ざけられたクロッキー帳には、紙いっぱいに何かの図案が描かれている。

よくよく見るとそこにはホタテや魚などの海産物と一緒に、ハートのモチーフが可愛らしく彩られていた。

そうして下の方には、太い文字で『恋し浜』のレタリング。

「……どうしたんですか、これ」

「大漁旗をモチーフに描いてみたんだけど……どうかな、漁師の息子から見て？」

「や、めちゃめちゃいいと思います。カッコいいし。でも、恋し浜？」

たしかにそれは、大漁旗のデザインにも似たものだった。けれど本来大漁、の文字が躍る場所には、レンの苗字でもある三文字が配置されている。大漁旗、と言うわけではないのだろう。ということは……

「あっ、もしかして改名の？」

「そう！　この間レンくんたちが文化祭でも何か出来ないかって言ってたでしょ？　で、こういうので校内の子たちにアピールしたらどうかなーと思って……ごめん、勝手に描いちゃった」

「や、めちゃめちゃいいっすよ！　すごいっす、これ！」

「ほんと？　よかった」

嬉しそうに笑う綾子に一瞬目を奪われて、レンは思い切りぶんぶんと頭を振った。

「えっと……これ、コピーとかさせてもらってもいいですか？　うちの地元の人たちにも見せたいです」

「うん、もちろん！」

改名について、中心となって活動しているのは、レンたちの兄貴分たちだ。

そもそも今回の始まりも、小石浜で式を上げたいというカップルがいたことがきっかけらしい。

「これ、そのまま持っていっても大丈夫よ。私はコピーとってあるから」

そういうと、綾子はためらいなくその1ページをビリビリと破いてレンに渡した。

薄いクロッキー帳の手触りはなんだか独特で、新鮮だ。

レンの知っているノート類と言ったら普通の授業用のものか、美術で使ったスケッチブックがせいぜいといったところだったから。

「ありがとうございます！　今日早速見せます！」

「うん、よろしく」

そのタイミングで、列車は小石浜駅に到着する。

まだ話し足りない、名残おしい気持ちを押し込めてレンはそれじゃ、と綾子に別れを告げた。

……まさかこのまま、乗り過ごすわけにもいかない。

ホームに下りてからしばらくも、綾子はこちらに向けて手を振っていた。

その仕草にほっこりとしたようなあたたかさを感じながらレンは長い階段を下りて駅を出ると、港の方へ向かう。

「甫兄《はじめにい》ー！」

甫は、ちょうど港にいた。

網の修復をしているのかせっせと動かしていた手を止めて、レンに気づくと顔をあげる。

「おっ、レン！　今帰りか！」

「おう！　ちょうど良かった、甫兄たちに話があるんだ！」

「んだよ、改まって」

「これ、ちょっと見て」

早速とばかりに、レンは手に持ったクロッキー帳の１ページを見せる。

「なんだ、大漁旗……じゃねぇな、大漁の文字は入ってねぇし」

「うちの学校の先輩が描いたんだよ、小石浜の改名のアピー……じゃねぇや、ＰＲに、こういうの文化祭で飾ってみたらどうだろって」

「文化祭で？」

「そう！　これ飾って、小石浜から恋し浜への改名の流れみたいの展示でまとめてさ、大船渡の人にもっと知ってもらったら、署名も集まるし改名したあともスムーズに受け入れられると思わない？」

「そりゃお前、それやってもらえるなら俺たちは言うことねぇけど……誰がやるんだ、その展示って」

「俺と喜平はもう決まってる。あとは、学校の友達も声かけてみたら結構やる気になってくれたからさ。結構人は集まりそうだぜ！」

この数週間の間、レンも何もしていなかったわけではない。

文化祭はもう来月で、スペースや出し物もほとんどもう決まってしまっているが、その中で、廊下の一角を使った展示くらいなら、という許可は生徒会から出た。

喜平と協力して有志も集めていたところで、そこに署名用紙も置けば賛成票も集められるんじゃないか、と考えたのだ。

「……なんだお前、意外としっかり動いてんだな」

「ったりめーだろ、なんてったって俺の名前は恋し浜レンだぜ！」

「ははっ、違いない。よし、じゃあ若い世代の声はお前に任せた。頼んだぞ、レン！」

「任せろ！」

甫の信頼と共に任されたことも嬉しくて、笑みがこぼれる。

その日から、レンは本格的に恋し浜の改名活動に参加することになった。


それから文化祭までは、怒涛の毎日だった。

部活も学校もある中でさらに加えて改名のためにいろいろと動いていたのだから、時間はいくらあっても足りない。

けれど、楽しかった。どれだけ疲れても、忙しくても、そんな毎日が充実していた。

「おぉ、すげぇ……」

綾子の方は放課後の教室に残って、少しずつあの大漁旗を仕上げてくれていた。

布に直に絵の具を乗せていっているので失敗はできないと気合も入っているようで、毎日遅くまで残っている。見るたびに着々と仕上がっていくそれに、レンも自分のことのようにどきどきしていた。

「結構形になってきたでしょ？」

普通の大漁旗よりももっとずっとたくさんの色を使っているその旗は、かなり目を引く仕上がりになっている。

よくよくみればバックのデザインもホタテやハートをうまく組み合わせて幾何柄《きかがら》のようにしていて、随分凝ったものだと色を塗られて初めて気づいた。

「……でも綾子さん、なんで大漁旗作ろうって思ってくれたんですか？」

「うーん、小石浜っていったらやっぱりホタテとか漁かなとおもって、そのイメージ？」

「や、そうじゃなくて……なんで協力してくれるのかなって……。綾子さんは、釜石の人なんだし……」

「住んでいる場所って関係ある？」

不思議そうに、綾子はそう言った。

住んでいる場所は関係ないかもしれないけれど、彼女は三年生で、受験生だ。

もっと自分のために時間を使いたいのじゃないかと、それが心配だった。

レンなりに考えたそんなことを拙い言葉で伝えると、綾子は笑った。

「だって私……ここが好きなんだもん」

笑ってそう言って、綾子は手持ちのクロッキーをパラパラとめくった。

そこには彼女の瞳に映った三陸の風景が、いっぱいに書き込まれている。

「ここが好きだけど、やりたいことをやるには出て行かなくちゃいけない。……でも本当は寂しいのね」

「綾子さん……」

「だから、残しておきたいの。私はここでこんなことをやったぞ、この場所をこんなに好きだったんだぞ、って、その証みたいなの。小石浜が本当に改名されたら、それに自分が関わっていたなんて素敵じゃない？　ごめんね、結構勝手な理由で」

「や、とんでもないです！」

（好き……か……）

綾子の手元でめくられていく風景は、見覚えのあるところばかりだ。

そして――レンも好きなところばかりだ。

「……俺も、好きです」

口にして、改めて思い知った。

あぁそうか、自分はここが、地元が好きなんだと。

そうして好きだけど出て行く彼女とは違って……きっと、好きだからずっと、ここにいる。

（なんだ……簡単なことだったんだな）

流されて、漁師になることを選ぼうとしているんだと思っていたけれど、そんなことはない。

ちゃんと、選んでいたのだ。自分でも知らないうちに。

「大漁旗、楽しみにしてますね」

「うん、まっかせなさい」

ぐっと腕をあげた彼女の白い肌には点々と絵の具がついていて、それが彼女の魅力を一層引き立てているように見えた。

◇

（そうだよ、あーいう笑顔が見たいんだよ、俺は……）

高校の頃のことを、また思い出した。

そうして記憶にある綾子の笑顔に、思わずため息をつく。

「なんだい、じめじめじめじめ……きのこでも生えてきそうだね」

「ミヨさん、仮にも傷心の若者に向かってひどいっすよー」

「なぁにが傷心だよ。この前から、じめじめぐだぐだうっとうしい」

相変わらず、ミヨさんは辛辣だった。

辛辣《しんらつ》過ぎて涙も出ない。

はぁ、と溜息をつきながらとりあえず机から顔を上げたところで、あの子のことかい、とミヨさんが静かな声で尋ねた。

「え……」

「綾子ちゃんだよ。この前、来ていただろ」

「あ……」

「様子がおかしいことくらい、あたしにもわかったからね。何だろうね、あの子らしくない顔で笑っちゃって」

「や、やっぱり、ミヨさんもそう思った⁉　だよね、そうなんだよ！」

思わぬところに同意者が現れたことが嬉しくて、思わず詰め寄ってしまう。

そんなレンの額を思い切り叩いて、ミヨさんは軽く距離を取るとため息をついた。

「なっさけないね、あんたも。そこでぐだぐだしてるくらいなら、直接あの子のとこに行けばいいだろ？」

「そうもいかねぇって」

ふと、思い出すのはあのクリーム色のメモだ。

名前も書かれていない、ただ一言のメモ。

勇気をくださいって言われても、どれだけ助けを求められても、レンにはどうしようもできない。相手がわからなければ。手を差し伸べることができない。

「頼ってもらえなきゃ……助けらんねぇよ……」

思わず呟いた瞬間、バシン、と強い衝撃がレンの後頭部を襲った。

「いてっ⁉」

「本当にまったく……いつからそんな情けない男になったんだい、あんたは！」

「え、待って今それで殴った⁉　電話帳で⁉」

「いつまでも情けないこと言ってるんじゃないよ。頼りたくても手を伸ばしきれない人間だっているってことが、わからないあんたじゃないだろ」

「え……」

重たそうな電話帳をどすん、とテーブルに置いて、ミヨさんは仁王立つ。

レンより随分と小柄なのに、その迫力も存在感も圧倒的だった。

「助けて、なんて声に出せるうちはまだいい方だよ。簡単に手を差し伸べられる。助けられる人間だって、たくさんいる……でも、それだけじゃないだろう」

助けを求めることさえできない人間だって、たくさんいるだろう。

特にこの数年は……。

普段の威勢のいい態度とは真逆の静かにつぶやかれた言葉は、それだけでレンの胸にずしりと重く響いた。

「大体あんたはね、馬鹿なのが取り柄みたいなもんなんだから、難しいこと考えるんじゃないよ。自分のしたいように突っ走りな！　それでも失敗した時のために、あたしたちみたいな仲間がいるんじゃないか！」

フォローはいくらでもしてやるから突っ走れ、と、ミヨさんは言う。

これ以上ないほど、頼もしい言葉だった。

「……やべぇ、ミヨさん超かっけぇ……」

「あんたが情けないんだよ。ほら、わかったらとっとと仕事に行きな！」

励ましにも似た力強い声に背中を押されるように、レンは制服のブレザーをつかんで走りだした。

◇

その日、レンは仕事を終えたレンはそのまま最後の列車に乗って、恋し浜駅へ降り立った。

一つ、どうにも引っかかることがあったのだ。

「あんたねぇ、帰ってくるなら帰ってくるって一言連絡入れればいいのに……」

急に帰ったレンに母親は呆れた顔でそう言ったが、それでもきちんと夕飯は用意してくれるという……。

一人暮らしを始めて以来、親のありがたさ、というのはしみじみ痛感した。

帰って用意されている食事の温かさなんて、それまでは当たり前だと思っていたから。

「ちょっとさー、二階の押入れ漁《あさ》るわ」

「ちゃんと片付けなさいよ」

はいはい、と返事をして、レンはそのまま古い階段を昇っていく。

今はほとんど物置になっているその部屋は、この家を出て行くまでレンが自室として使っていたものだ。

「よっ、と……うっわ、ホコリすげぇ」

舞い立つホコリを手で払いながら取り出したのは、長く押入れにしまい込まれていたダンボール。

その中には、あの文化祭の日の恋し浜の大漁旗がしまわれている。

綾子がくれた、クロッキー帳のラフと共に。

「……やっぱり」

さらりとした手触りと、褪せてしまってはいるが薄いクリーム色の紙。

レンの中で、二つの出来事が繋がった瞬間だった。

◇

「レンくん、どうしたの？　急に連絡来るからびっくりしちゃった……」

翌日の夕方、レンは仕事終わりの綾子を恋し浜へ呼び出した。

「すみません、ちょっと歩いていいですか？　あ、帰りはちゃんと送るんで安心してください！」

「それはいいけど……歩くってどこに？」

「すぐです、こっち」

それだけ言って、行き先は告げずにレンは歩き出す。

駅からまっすぐ、ひたすらに下って行くとたどり着くのは港のはずだ。

この間、レンが喜平に呼び出された場所。

そこには、まだまっさらな喜平の船が停まっていた。

「あれ、あそこの白い船あるでしょ。まだ綺麗なやつ。あれが、喜平の新しい船です」

「……港……？」

「……そうなんだ」

突然港に連れて来られて船を見せられたことに戸惑っているのか、それとも何かを警戒しているのか、綾子は視線をさまよわせながら困ったように笑った。

けれどレンは、その笑顔は見ないふりをして続ける。

「あれにぴったり来る大漁旗、描いてほしいんです。綾子さんに」

「レンくん、それは無理ってこの間も……」

「どうして無理なんですか？」

「それは……私、もう絵描いてないし……」

「嘘です」

「え？」

「……ずっと気になってたんです、どっかで見たことがある気がして。紙も、字も……」

言いながらレンは、昨日家で見つけた大漁旗のデザインラフを取り出した。

あの日、綾子が破って渡してくれたもの。

そして、もう一つ。

小さな、クリーム色のメモも一緒に。

「勇気をください……これ、書いたの綾子さんですよね？」

薄いクリーム色の紙は、綾子が好んで使っているクロッキー帳と同じ質感のものだった。

破いたような小さなメモだったのは、一ページの端をちぎったせいだったのだろう。

改めて比べてみれば、実家に帰ってあのラフを取り出してみたら、どうして今まで気づかなかったのかと驚くくらいにまったく同じ紙だった。

違うのは、ラフ画の方は古くなったせいで少し固く変色してしまっていたことくらい。

反面、メモに使われていたものは、まだまっさらな新しいものだった。

「……どうして、それ、レンくんが……」

「この間言ったでしょ？　俺があのノート見てる、って」

「あ……そっか。そう、言ってたね……」

「ノートに挟まってたこれ。見つけたときから、ずっと気になってたんです。破ったあとがあるってことは咄嗟に書いたんですよね。……もう絵を描いてない人が、なんでクロッキー帳なんか持ち歩いてるんですか？」

クロッキー帳は鉛筆で絵を描くためのもので、文字を書くことには向いていない。

それを教えてくれたのも、綾子だ。

「勇気をください……」

小さく綴られた、一枚のメモ。

手を伸ばしきれずにいたその人は、レンが助けたい人だった。

「綾子さんが欲しいのは、何の勇気ですか？」

「……」

「もう一度、ここから出て行くための勇気じゃないんですか」

高校の頃だって、彼女は勇気を持って出て行くことを決断していたのだ。

好きなことをやるために、好きな場所を離れるために。

あのたくさん描かれていた風景画も、最後の最後に形を残した大漁旗も、彼女が前に進むためのものだった。

今ならわかる。

彼女がどれだけの強い気持ちで、その道を選択していたのか。

漁師をやめて、好きな場所を守るために働くことを選んだ――レンもまた、好きなもののために好きなものを手放したから。

「……メールが、来たの」

しばらくの沈黙を打ち破るように、綾子はゆっくりと話しだした。

「短大時代の、先生から……私が編入試験の時に描いた絵を、今年入った有名な教授が見つけて評価してくれたって。今東京に戻ればその教授に教わることができるから、戻って来ないか……って」

震える声を隠すように、綾子はぎゅっと手を握りしめた。

「嬉しかったけど……怖かった。だって私、二年間で思い知ったんだもの。私の絵はそれなりにしかなれないって。それなりに上手だとしても、世界に行けるような絵じゃないって……。短大の時だってまわりには上手い子がいっぱいいて、編入試験受けるために見学に行った大学なんてそれ以上だった。夢に見るの、その時見たいろいろな絵の夢。もう一度あの場所に戻るだけの価値が私にあるのかって。勇気が出ないの……震災のせいにして……震災があったからしょうがない、地元が心配だからしょうがない、そんなふうに言い訳にして……本当は、いろいろ理由をつけて逃げいるだけだって、……私も、わかってた」

最低でしょ、と、泣きそうな声で訴える彼女の言葉を、レンは黙ったまま聞いていた。

慰めることも責めることも、しなかった。

「もうやめよう、もう捨てよう、って何度も思ったの。絵はやめたんだってそう言い聞かせて、それでも描きかけのクロッキー帳だけはずっと持っていた。捨てられるわけがないって、本当は自分が一番わかっていた。だからこのクロッキー帳が終わるまでは描いていいことにしよう、ってそう決めて。だけど一冊終わってても結局やめられなくて、あと一冊、あと一冊って……そんなことを何度も繰り返して……」

宙ぶらりんな自分に一番嫌気がさしていたのは、綾子自身だった。

好きだったはずのこの場所で生きることも、好きだったはずの絵を描くことも、どちらも選べない自分。

だから、勇気がほしかった。

「私が欲しかったのはね……選ぶ勇気だよ」

どちらかを選んだら、どちらかを捨てなければいけない。

高校の頃は出来たその決断が、今は出来なかった。

だから、勇気がほしかった……こっちだ、と自分の意志で選ぶ勇気が。

「……綾子さん。絵、描きましょう」

「レンくん……？」

「大漁旗って、標《しるし》なんですよ。港に船を出迎えに行った時、その旗が上がってるのを見たらひと目でわかるんです。あぁ、いい漁だったんだ。大漁で、みんな元気で帰ってきたんだって、そういうのが一目でわかる旗なんです。だからそれ、綾子さんの標にしてみませんか」

「……」

「俺は魔法使いでも神様でもないから勇気はあげられない。だけど……前に進むために、背中を押すことくらいは出来ます」

取り出したのは、あの日の恋し浜の大漁旗だ。

レンの実家で、ずっと大切にしまっていた。

「これ、覚えてます？　これがかかっていたから、文化祭の日、廊下の一角にすぎないのにすげぇいっぱいの人、集まってくれたの。カッコいい旗がかかっているから気になった、って、生徒も外部から来てた人もそう言ってくれて俺、すげぇ嬉しかったです。綾子さんの言ってた、何かを残していけるって、こういうことかって……」

小石浜が正式に改名されたのは、綾子が卒業した年の夏のことだった。

実際に見られないのは残念、と言いながら綾子は東京へ行ってしまったけれど、その日、新しい看板の隣にこの大漁旗も並んでいたのだ。

恋し浜駅の新しい門出を祝福するようにはためいていたこの旗を、レンは今でも覚えている。

「描いてください、綾子さん。喜平の門出、祝ってやってください。そして……それを綾子さんの、二回目の第一歩にしてください」

「……これより、下手かもしれないよ」

「抜群にカッコイイやつで頼みます」

「ふふ、すごいプレッシャー……」

ゆっくりと顔を上げた綾子は、それでもレンを見て、はっきりと笑った。

「でも……やる気になっちゃった」

あぁ、昔の綾子の笑顔だと、そう思った。

力強くて美しい、心からの笑顔だった。

◇

「おぉー、すげぇ！」

それからしばらく経って、レンは完成した大漁旗を手に、喜平の元を訪れた。

まっさらだった船には、その名前を隠すように布が張られている。

ちなみに名前を考えたのはレンではない。

いい名前思いついたから、と、喜平の方から言ってきたのだ。

どんな名前にしたのかと、何度尋ねてもそれは見た時の楽しみにとっておけの一点張りだった。

「めちゃめちゃカッコいいじゃん！　さっすが綾子さん」

「だろ？　やっぱすげぇわ、あの人」

綾子の描いた大漁旗は、あの時と同じようにたくさんの色を使ったものだった。

赤、青、黄色、緑、ピンクにオレンジに黒に……と、それだけたくさんの色が使われているのにまるでうっとうしさも、ごちゃつきも感じさせず、バランスよくまとまっている。

背景にはさりげなく喜の字がデザインされていて、そんなところも粋な仕上がりだった。

「で？　どうすんだって、綾子さん」

喜平も気になるようで、ストレートに聞いてきた。

「おう、来週出発するってさ」

「そっか、やっぱり行くのか……東京」

「んっ。とりあえずその短大時代の先生のとこに通わせてもらって、来年入学の編入試験目指すって」

大漁旗が完成した日、綾子は晴れ晴れとした表情でその決意を口にした。

クロッキーに描いていたラフとは違う、ちゃんとした作品を完成させようと自分の絵に向き合っているうちに、やっぱりこれが好きなのだと実感したらしい。

だからきちんと選ぶ、と言った綾子は、あの頃の……レンが憧れた綾子そのものだった。

軽くテトラポットに腰を下ろすと、隣からぐいぐいと肩を押される。

「なんだよ……」

「傷心の幼なじみを慰めてやろうかと思って」

「傷心じゃねっつの……いいじゃねえか、綾子さんはああでなくちゃ！」

「そうは言っても寂しいくせに！　素直じゃねぇなぁ」

「るせっ。で、名前はどうなったんだよ、なーまーえ」

今日レンがわざわざ港まで来たのは、船の名入れが終わったからそれを見せてやる、と言われたからなのだ。

貴重な休日に足を運んだのだからさっさと見せろと蹴りを入れると、喜平はまるで駄々っ子をなだめるように笑って船の元へ向かった。

そうして、名前を隠しているその大きな布に手をかける。

「せーのっ」

ぐっと勢い良く布が引かれると同時に現れたその名前に——レンは、ぽかん、と目を丸くした。

「どうよ、いい名前だろ」

「い、いやいやいやいやいい名前ってお前それまじで？」

恋し丸。

太い筆文字で堂々と入ったその名前に、どんな反応をすればいいかわからない。

「あ……名前、勝手に借りたから」

「やっぱり俺の名前かよ！　駅じゃなくて！」

「ったりめぇだろ、なんで駅名を船に入れるんだ」

「それ言ったら、なんで幼なじみの名前船に入れてるんだって話だろ！」

「そりゃおめー、仲間だからだろ」

「なか……へっ？」

「レンはもう海離れたけど、なんつーかなー、俺としてはやっぱお前はいつまでも仲間で同士なわけだよ。だから恋し丸。一緒に海出ている気分になんだろ。……これ改めて言うとすっげー恥ずかしいな」

「いやお前、それ聞かされてる俺の方が恥ずかしいわ。なんだよそれ、彼氏か」

「やめろ、俺には可愛い可愛い彼女がいる」

「あぁそうだったな……うん、いやいいけどよ……」

恋し丸。

改めてその名前を見ると、なんだかもう、笑いしか出てこない。

海を離れてわずかに開いたような気がしていた距離を、まさかこんな強引な方法で埋めに来られるとは思わなかった。

「名義貸し料、はずめよ」

「バーカ！　んなもんこの間の飲みでチャラだ、チャラ」

そう言って、喜平は笑う。

日焼けした肌も、どこかの芸能人のように白い歯も、爽やかで無性に腹が立って、照れ隠しも兼ねてレンはその鳩尾《みぞおち》に一発、軽いパンチを打ち込んだ。

◇

それから一週間後、レンは東京へ向かう綾子を見送るために釜石駅を訪れていた。

長い髪を一つの三つ編みにまとめて、ラフなTシャツにデニムという見慣れない出で立ちには少し驚いたけれど、やってきたレンを見つける綾子は大きく手を振りながら無邪気に笑った。

「見送りなんてよかったのに……」

「や、喜平からの礼も預かってきたんで」

「礼？」

「大漁旗、めちゃめちゃ気に入ったみたいです。ありがとうございましたって伝えてくれって」

「やだ、お礼言わなくちゃいけないの、私の方なのに。……そういえば船の名前は教えてもらえた？」

「あー……いやまぁ、それはそのうちってことで……これは俺から、餞別代わりに」

「ホタテ……の、殻？」

さすがにあの船の名前のエピソードを改めて第三者に語るのは恥ずかしくて、レンは慌てて話をそらす。

そうして餞別代わりに渡したのは、ホタテの殻が一枚。

首を傾げる綾子に、レンはこれね、と説明した。

「ここにお願い書いてください。そしたら俺が、恋し浜駅に下げておくんで」

「……あっ、駅にいっぱいかかってるやつ？　そういえば私、あそこに願い事を書いたことってなかったなぁ」

「ノートにお願いを書くと叶うーってのは、まぁぶっちゃけデマ派生の噂ですけど……こっちはちゃんと、ホンモノですよ」

じっとその殻を眺めたかと思うと、綾子はペンある？　と尋ねてきた。

用意していた油性ペンを渡すと、綾子は書いている言葉が見えないようにと殻を正面に向けて書きだした。

ぐっ、ぐっとまるでペンで文字を刻むように、力強くペンが動く。

「……これでよし、と」

書いた部分が見えないようにレンの手のひらに乗せて、綾子は顔を上げた。

「……でもね、レンくん」

まるでタイミングを見計らったかのように、列車がホームに到着する。

出発までは、あと三分。

「あのノートのジンクスも、嘘じゃなかったよ」

綾子にとって、勇気をください……と、あの日の列車の中で話す二人の女子高生につられるように書いた言葉は、その時の綾子の精一杯の願いだった。

「だって、ちゃんと叶えてくれたもの……」

ぎゅっと、貝を渡したその手を握り締めて、綾子は顔をあげる。

「ありがとう、レンくん」

そうしてこれ以上なく綺麗な笑顔を浮かべて、彼女は列車に乗り込んだ。

扉が締まって、一両編成の列車がゆっくりと発車する。

列車がだんだんと小さくなって見えなくなる。

そこでようやくレンは、力が抜けたようにその場にしゃがみこんだ。

（……反則だろ、あの笑顔は）

受け取った貝殻をくるりとひっくり返して、その言葉をたどる。


『前へ進みます』

「……やっぱカッコいいっす、綾子さん」

叶えたい願いではなく、強い意志がそこには刻まれていた。

◇

「それがもう、まじでカッコよくてさー……やっぱさすがだわ綾子さん。俺なんか手届かないわ。一生憧れの人だわ」

「おい、飲み過ぎじゃないか」

「いいじゃんユウちゃん、今日は付き合ってくれるって言ったんだしー」

レンは典型的な酔っぱらいの動きで机に突っ伏して、くだをまくようにぶつぶつと何かを呟いている。

そんな同期の姿に、ユウは、はぁっと小さくため息をついた。

田野畑くん、田野畑くん、なんて似合わない呼び方でレンからの電話がかかってきたのは今日の午後。

なんだとぶっきらぼうに返せば、飲もう、飲んで、飲みましょうと謎の三段活用で誘われた。

岩手の広さをなめるな、お前のところに行くのがどれだけ大変だと思っているんだ……と文句を言ってやりたい気持ちはあったが、珍しく弱った様子だったので、たまにはいいか、とこうして盛駅まで訪れたのだ。

幸いにも明日は休みだ、この馬鹿の家に泊まればいいだろう。

ついでに明日は車で送らせてやる、それくらい許されるだろうと心に決めて。

「……よかったじゃないか、彼女の笑顔が見られたなら」

「ん、まぁそうなんですけどね」

レンにとっては、初恋、なんてそんな甘酸っぱい感情を抱いた自覚が、あったわけじゃなかった。

憧れであり、強くてカッコいいあの人を、心底尊敬していた。

だけど、今は……。

「ハイよー、新メニュー試作品、恋が叶うホタテのクリームパスタでございます」

店長がテーブルに載せたのは、肉厚のホタテがたっぷりと乗ったパスタ。

漂うバターの香りに、ユウも思わずつばを飲む。

「……マスター……何、恋が叶うって」

「お前がこないだ言ってただろ？　恋し浜ホタテ使って恋が叶うパスタ～とかなんとか。だから作ってみたわけだ」

「恋し浜ホタテを使っているから、恋が叶うパスタですか？」

「まっさか、そんな単純なわけがないだろ？」

そう言ってニィっと笑った店長は、種明かしのように小さな瓶を取り出して軽く振る。

「キャラウェイを使ってるんだ。かすかに香りづけしたクリームソースを絡めて、食感のためにキャベツも加えてな」

「キャラウェイ……？」

不思議に思ったユウの疑問を解消するように、マスターは、パチリとなんだか妙に様になっているウィンクをした。

「キャラウェイは昔から、媚薬の材料って言われているのさ。そのキャラウェイと、恋し浜ホタテ。な、ぴったりだろ」

「なるほど……」

そんな謂《いわ》れがあったのか、と一つ知識を増やしながら、ユウはくるりとフォークに巻きつけたパスタを口に運んだ。

口の中にクリームベースだけどさっぱりとした、さわやかな風味が抜けていく。

「うん。いいですねこれ。美味しいです」

ユウの素直な評価にマスターが笑う一方で、レンはじっとその皿を見つめ続けていた。

「媚薬……恋が叶う……」

「……もう少し早く、食べられればよかったな」

「抉《えぐ》らないでください！」

ぐっと胸を抑えるような仕草で唸って、それでもゆるゆるとフォークを持ってパスタを食べ始める。

それはとても美味しかったらしく、ひと口目を口に運んだ後は、ふたりともスルスルと手が動いていた。

「今日は付き合ってやるから、さっさと復活しろ。いつまでもうだってもいられないしな」

「あれ？　優しい」

「お前にヘタレられると俺の仕事が増えそうだからな……」

「へ？　なんで？　何か企画あったか？」

「おまえ……山田線を三陸鉄道に移管するプロジェクト関連の話があるだろ」

「え……あー、あった！　だから何？」

「だから何、って……」

ユウが、きゅっと顔をしかめたそのまま説教の姿勢に入りそうなのを察して、レンはがばりと身体を起こす。

「いや大丈夫、読んだ！　ちゃんと読んだ！」

「本当だろうな……あの関係で、南と北が共同で動く企画が増えることになるかもしれないらしい」

「そっか……」

現在、南リアス線と北リアス線は線路の上ではつながっていない。

しかし、釜石と宮古をつないでいた山田線が、震災後ずっと運転を休止したままで、現在は復旧工事中だ。

だが、復旧後は運営を三陸鉄道で引き受けることになるため、南リアス線と北リアス線もひとつに繋がることになる。

レンもユウも、北と南に分かれている関係で、ほとんど一緒に仕事をすることはなかったが、今後はどうなっていくかわからない。


「つながるといいな、早く」

「……そうだな」

素直に口にするレンに、ユウは肯定だけを返す。

また一つ、二人で行う企画にどこか楽しみも抱いていることは決して口に出さずに。

(……進んでるんだよなぁ、ちゃんと)

「よし、とにかく頑張ろう！」

ユウはくるりと巻きつけたパスタを一気に頬張って、気合いを入れ直す。


二人にとってその日までは、まだ、もう少し。

【第二章】北リアス線と田野畑ユウ

（三陸鉄道……）


いつもの時間の、いつもの駅。

社会人になってから五年間、平日はほとんど毎日通っていたその場所で目にしたポスターがその時ばかりはやけに目についた。

ちょっとカッコいい二人の男性が並んでいるポスターには、ひとつはノスタルジックな木造の駅舎が、ひとつは突き抜けるほどさわやかな海の景色が背景に広がっている。

三陸鉄道。

その言葉には、少し、馴染みがあった。

（岩手、かぁ）

月曜、朝八時。

駅には人通りも激しくて、そんな中でぼんやりと突っ立っていればぶつかられることも、苛立たしげな視線を向けられることもある。

その人の多さも、見知らぬ人間からの悪意も、全部が全部、今はうっとうしかった。

なんか、どうでもいい。

……そうだ、岩手に行こう。

そんなどこかの旅行会社に使われそうなキャッチフレーズが頭に浮かんだ瞬間、みや子はやってきた列車に乗っていた。

◇

三陸鉄道北リアス線、久慈駅。

三陸鉄道の中でも最も北に位置するこの駅は、秋の半ばといっても随分と冷える。

ぴゅう、と吹き抜けていった風の冷たさにぶるりと震えた身体がおかしくて、自然と笑いがこぼれた。

(ほんとに来ちゃった……)

「ははっ、さっむ！　まだ十月なのに！」

平日の夜だからか、駅はガランとしていた。

ふと時刻表を見てみれば、次の列車はあと三分ほどで発車するという。

「えっ、やば！」

慌てて切符を買って、ホームに駆け込む。

こじんまりとしたホームには、白地に赤と青のラインが入った可愛らしい見た目の列車が一両だけ、止まっていた。

「お姉ちゃん、乗るのかい？」

ホームにいたおじさんに声をかけられて、こくこくと頷くともうすぐ発車だよ、と教えられる。

ギリギリセーフで乗り込んだ車内は、学生を中心にちらほらと乗客がいるようだった。

「よかった、間に合った……」

ひとまずは間にあったことにほっと息をつく。

久慈駅発の最終なので、これを逃せば後がない。

うまいこと乗れたのはラッキーだった。

ひと心地ついて、さてどこに座ろうかと車内を見渡した。

ほとんど席が空いているので、それはそれでどこに座るか悩んでしまう。

人間、選択肢を与えられると、かえって迷ってしまうものだ。

前の方にするか、後ろの方にするか……別にどっちでもいいじゃん、と言う自分の声を無視しながらふと視線をはしらせた先で、思わず目が止まった。

窓際のボックス席に、車内で唯一、みや子とそう年も変わらないだろう青年が座っている。

眼鏡をかけたその横顔は端正な顔立ちで、なんとなく、目が逸らせない。

ふせられた睫毛《まつげ》の長さはここからでもわかって、少しドキドキした。

(うわぁ……すごいイケメン……)

でも、どこかで見たことがあるような。

どこだったっけ、と考えながら、みや子はその男性が座るボックス席から通路を挟んで反対側にある席に座った。

ミーハー上等、イケメンが嫌いな女子なんていない。

あえて窓際ではなく通路側を選んで座って、空いているからいいかな、と荷物を窓際に寄せる。

その瞬間、ずっと本を読んでいた彼の顔がふっと上がってぱちりと目が合った。

「……」

なんとなく気まずさを感じたままにぎこちなく笑って誤魔化すと、ふっとやわらかなほほ笑みが向けられた。

何これ、ちょっとときめく。

（幸先いいじゃない、なかなか）

すっかり気分がよくなりながら、ゆっくりと動き出した列車に合わせるように目を閉じる。

窓の外を見てもほとんど真っ暗なので、見ていても仕方がない。

薄いコートのポケットに入れたスマートフォンが、わずかに震えてその存在を知らせる。

急な欠勤を伝えた上司は言葉ではゆっくり休めと言ってくれたけれど、今頃怒っているかもしれない。

週末に使う会議の資料は、ちゃんと後輩に引き継がれただろうか。

せっかくこんなところまで来たのにそんなことが浮かんできてしまって、げんなりしながら目を開く。

いた。


（だから、どうでもいいんだって）

スマートフォンを取り出すと、ウィンドウに見慣れた名前と彼からのメッセージが表示されていた。

それを見ないようにしながらウィンドウを閉じて、そのまま電源を落とす。

そのままスマートフォンも鞄の奥底に押し込んで、今度こそ、と目を閉じた。


列車の揺れというのは、どうしてこうも心地いいのだろう。

何度か目を覚ましたものの、結局ほとんどの時間を眠っているうちに、列車は止まっていた。

どうやら終点らしい。

まだ、ぼんやりとした瞳を外に向けて、あれ、と首をかしげる。

（……どこだろう、ここ？）

見慣れない、木造の駅舎……。

なんだか雰囲気があって昔の童話に出てきそうな素敵なところだけれど、みや子が目指していた場所ではなかった。

「……あれ？」

寝ぼけてるのかな、と思いながら首を傾げて、とりあえず外に出る。

気づけば車内にはすっかり誰もいなくなっていたのだ。

降りてみて、きょろきょろと辺りを見回してみる。

ようやく見つけた看板には、『田野畑《たのはた》』の文字があった。

「たのはた……」

田野畑って、どこだっけ。

はるか昔の記憶をたどりに辿って駅名を思い出してみようとするけれど、もう十五年以上前の記憶ではどうしようもない。

けれど少なくとも、宮古ではないことは確かだ。当たり前だけれど。

「あの……」

戸惑っているみや子に、控えめな声がかけられた。

振り返るとそこにはさっき車内で見たイケメン眼鏡さんがいて、こちらを覗きこんでいる。

(えっ、えっ、なんで⁉)

戸惑いが動揺に変わったみや子に対して、彼は優しい声でどうかされましたか、と尋ねてくれた。

あまりに穏やかな口調と声に、少し落ち着きを取り戻す。

なんだか不思議な人だ。

「あ、えっと……田野畑、ですよね、ここ」

「えぇ、田野畑駅です」

「あの……私、宮古に行きたいんですけど……」

久慈から宮古までは、列車で一本。

北リアス線の端と端なので眠っていても着くだろう、と思っていたのにとんだ誤算だ。

心細さを押し込めながら尋ねたみや子に、彼はぱちりとまばたきをして、それから困ったように眉を寄せた。

「最終の列車は、田野畑駅が終点なんですよ」

「え？　えっと……」

ああ、きちんと確認しておけばよかったと、後悔の念がはしる。

どこから尋ねたものかと混乱しているみや子の様子に気づいたように、彼は小さく笑った。

どこか、寂しい笑顔だな、と、そう思った。

「さすがに今日は遅いので、この近くのホテルに泊まってはいかがですか？　知り合いなので、安くしてもらえるように話をしますよ」

「え……あっ……」

そこまで聞いて、ようやくハッとする。そうして自分の無知さに埋まりたい気分でいっぱいになった。

思いつきで行動するからこういうことになるのだ。

あるいは、逃げ続けてきた罰なのかもしれない。

「す、すみません……私、調べてなくて……」

「いえ、こちらのアナウンスも不十分でしたね。申し訳ありません」

「こちら？」

そういえば、さっきから彼はやけに親切だし丁寧に説明してくれている。

ただの地元の一乗客とは思えないほどに。

そう思いながら顔を上げて、改めて正面から彼を見て――そこで、ようやく気づいた。

「あっ！」

どこかで見たことがある、なんて当たり前だ。

まさに今日の朝、見たばかりの顔だったのだから。

「ポスターの人……！」

思わず指差しそうになったのを堪えたのだけは、自分を褒めてあげたい。

人様を指さしちゃいけないよ、と指が折れるかと思うほど強く叩かれた幼少期の思い出のおかげだ。

そこに立っていたのは、朝、みや子が目にしてこの場所へ来ることとなったそもそもの理由……あの、三陸鉄道のポスターに載っていた男性だった。

「……えぇと、あのポスターをご存じで……？」

「あっ、はい。私、恋ヶ窪が最寄りなんですけど、今日の朝、そこで三鉄のポスターを見て……それで、そのままここに来ちゃって」

ありのままを説明すると、我ながらなかなか突飛な行動だな、と思う。

彼もそう思ったのか、ぷっと小さく吹き出すような声が聞こえてきた。

笑われた、のだろうか。

「すみません。それはなかなか、勢いのいい行動でしたね」

「はい……新幹線の中で、ちゃんと調べておけばよかったです」

「なるほど……それではとりあえず今日は知人のホテルに泊まってください。宮古には、よろしければ、明日の朝、私が車でお送りします」

「え?」

「ちょうど宮古まで行く用事がありますから遠慮は必要ありませんよ」

「え、でも申し訳ないですし……」

「もちろん、見ず知らずの男の車ですので、無理にとは言えませんが……」

「い、いえ、とんでもないです! すっごく助かります!」

願ってもない話だと勢いよく食いつくと、今度は隠すことなく笑顔が向けられた。

(くそう、やっぱりカッコいい……)

◇

次の日の朝は、快晴で気持ちがよかった。

昨日の親切な彼は、約束した時間通りにホテルに車で迎えに来てくれた。

田野畑ユウと名乗った彼は三陸鉄道の社員で、普段はまさしく田野畑駅に勤務しているのだという。

ポスターで見たあのノスタルジックな駅舎も田野畑駅らしく、ホームを降りてみるとなるほどたしかにあたたかな雰囲気の駅だった。

「えっと、田野畑さんは……」

「ユウでいいですよ。田野畑駅に勤めているもので、苗字で呼ばれるとどうにもやりづらくて」

「あ、じゃあ、ユウさんは……どうして今日は宮古に行くんですか？　お仕事とか……」

「いえ、今日は休みです」

揺れるかもしれませんが、と言われて乗り込んだものの、ユウの運転は丁寧で車酔いしやすいみや子にも快適だった。

会話のために視線を隣にやっていれば、外を見ることもない。

「それじゃあどうして宮古に？」

「少し行きたい場所がありまして。普段は列車で移動することも多いんですが、たまには車もいいですね」

その言葉に、わざわざ車を出してくれたのかな、とようやくみや子も思い至る。

田野畑から宮古までは、列車では一時間近くかかる距離だ。

決して近い場所ではない。

「本当にすみません……あ、でも列車って妙に落ち着きますよね。昨日なんて、私も久しぶりに思い切り寝ちゃって」

「久しぶりに？」

今度はみや子が、あ、と思う番だった。

この言い方は少し、思わせぶりだったかもしれない。

「ちょっと、最近眠れなくて」

それでもごまかす誤魔化すことなく素直に答えてしまったのは、彼の持つ独特の雰囲気のせいだろうか。

勢いのままに岩手まで来て、初めて会う人の車に乗ってこんなふうに話している。

昨日の朝、会社に行こうと家を出た時からは考えられない今の状況が、みや子にはなんだかおかしく思えてきた。

「……海」

ふと何気なく窓の外に目をやれば海が見えて、天気がいいせいかキラキラと青く光って見える。

「海がどうかしましたか？」

「あ、や……久しぶりに見たな、と思って……」

咄嗟に返した言葉は、どこか浮いているような響きを持ってしまう。

「……見に行きますか、海」

「え？」

「時間が大丈夫なようでしたら、少し回りますよ」

「あ、えっと……」

どうしよう、と悩む。

急いでいるからと断ればいいだけの話なのだけど、せっかくの好意を無碍《むげ》にするのも申し訳ない気がした。

（……海か）

「じゃあ……お願いします」

何より、海が見たいと思った。

だからみや子は、そう答えて笑う。

うまく笑えたかは、やっぱりわからない。

「せっかくですから、浄土ヶ浜に行きましょうか」

ナビもないのにすいすいと車を走らせる姿は、さすが地元の人だ、と感心してしまう。

と言っても、田野畑に勤める彼からしたら宮古は地元、というには外れているのかもしれないけれど。

「ユウさんは、このあたりには詳しいんですか？」

「そうですね……三陸鉄道の、北リアス線の沿線付近はひと通り回っています」

「それは、やっぱり仕事の関係で？」

「半々、ですかね」

「半々……」

「半分は、趣味……のようなものです」

自分の勤める沿線付近のことは知っておきたくて、とユウは続けた。

きっと、真面目な人なんだろう。

「偉いですね……私も見習わなくちゃ」

「みや子さんも、どこかにお勤めで？」

「あ、はい。五年ほど」

「そうなんですね」

社会人が平日に、なぜいきなり岩手まで来れたのか、なんて不思議に思っただろうか。

それでもユウは、そこについて詮索することはなかった。

「ユウさんは、どのくらいお勤めなんですか？」

「今の会社に入ったのは、三年前の春になります」

「今の会社に？」

「ええ。それまでは東京で働いていました」

「あ、なるほど。そちらでも鉄道関係に？」

「いえ、全然関係ないですね。実家が酪農をやっているんですけど、その関係もあってバイヤーをやっていました」

「バイヤー……なんかカッコいい響きです……」

「ははっ。そんなことはありませんよ」

それからもユウは、運転の傍ら何かと話を振ってくれた。

正直、沈黙は気まずくて、かと言って自分から話題をふることもできないみや子にはかなり助かった。

（出来る人って、どこ行ってもなんでも出来るんだろうなー）

しみじみ思いながら、チクリと胸が痛む。

私は何をやっているんだろう、なんて、ここで今思っても仕方のないことなのに。

「そういえば、みや子さんは恋ヶ窪が最寄り駅なんですよね」

「あっ、はい。知ってますか？　結構マイナーな駅だと思うんですけど……」

「知っていますよ。学生の頃は西武新宿線を使っていましたし……知り合いに一人、恋ヶ窪、という苗字の後輩がいて」

「へぇー！　駅と同じなんて珍しい苗字ですね」

「駅名が苗字といえば、私と一緒にポスターのモデルになっている彼もそうなんですよ。恋し浜って言うんですけど、そういう駅が南リアス線にあって」

「すごい、なんだか偶然……あ、でもそれを言ったら、私もみや子だから駅名ですね。字は違うけど」

「本当だ。ふふ、ユニットでも組めそうですね」

みや子は、ユウが笑うとなんとなくその場の空気が穏やかになるような気がした。

妙に落ち着いてしまって、全部、吐き出したくなってしまう。

久しぶりに味わう優しい時間に無性に泣きそうだった。

◇

「いつまでも新人気分でいられても、困るんだよねぇ」

言い返してやりたい言葉は山ほどあったのに、どれもうまく声になってくれなかったのは、どこかで図星を刺されたような痛さがあったからだろうか。

就職活動は、それはもう笑ってしまうほどにうまくいかなかった。

惨敗に次ぐ惨敗で、書類すら通らなかったものも含めたら落ちた会社は三桁にかかるんじゃないかと言うほど。

昔から要領が悪くて、どこか他人とリズムがずれていると感じることもたくさんあった。自分では精一杯やっているつもりでもそれが通用しないことはたくさんあって、それを痛いほどに実感した大学生活最後の年。

本当に最後の最後、三月も終わりになって決まったのが今の会社だった。

通販サイトのシステムを管理している会社で、みや子はそこで情報の入力や問い合わせへの対応を担当していた。

やりたい仕事だったわけではないけれど、別に構わなかった。

お金がもらえて、週末や仕事の後にちょっと遊べて、そこそこ毎日が平和に過ぎて行くなら。

そもそもやりたい仕事、なんてものが、本当にあったのかもわからない。

就職活動をしているときは、それっぽいものもあったような気もするけど。

流されているなぁ、と、自分でも思う。

そんな自分が、自分でも嫌だった。

「なんか最近のみや子、ずっとイライラしてない？　疲れるよ、正直……」

付き合って二年が経つ彼氏からそんなことを言われたのは、先週のことだ。

イライラしている。たしかに、それはそうかもしれない。

でも、そういう時に支えてくれるのが彼氏なんじゃないの、と思った。

思った後に、まるで押し付けるみたいにそんなことを考えた自分が嫌になった。

何もかも、うまくいかない
何も出来ていないのに時間だけはどんどん過ぎていって、気づけば経験だったり実績だったり、そういうものを求められる年齢になっている。

だけど誇れるようなものは何一つなくて、もういっそ全部リセットしたいのに仕事を辞める勇気も、別れるきっかけも持てなくて。

逃げたかったのかもしれない。

逃げる場所なんて、持っていないくせに。

◇

「着きましたよ」

軽く肩をゆすられて、みや子はゆっくり目を覚ました。

しばらく状況を飲み込めずにいたところに、ユウの穏やかな表情とぶつかる。

「あ……すみません、寝てた……？」

「はい、よくおやすみでした」

初対面の人が運転する車の隣で、爆睡してしまった。

大人としてどうなんだろう、と落ち込んでいると、ゆっくりしていただけたみたいでよかったです、と声がかけられる。

嫌味なくそんなことを言えるのだから、この人は見た目だけじゃなく中身までイケメンだ。

なんだかずるい。

（すごい静か……）

海が目前にある駐車場には、車はユウとみや子が乗ってきた一台しかなかった。

降りてみるとかすかに波の音が聞こえてくる。……が。

「さっむ！」

「はは、ですよねぇ」

「すみません……思い切り薄着なもので……」

「岩手の中でも北の方で、しかも海ですからね。寒いですよ、ちょっと笑えるくらい」

「笑える……」

ユウの言葉を反芻して、たしかに、と思う。

海風がぴゅーぴゅー吹いていて、まだ十月だというのに冷たいそれは、まとめもせずおろしっぱなしのみや子の長い髪を勢い良く煽っていった。

「ふふっ……確かに笑えてくる」

「でしょう？　少し歩いてみましょうか」

真っ青な水面が、太陽に照らされてきらきらと光っている。

山のような二つの大きな岩の間からは水平線の向こうまでが見えて、気持ちのいい風景だ。

「海だぁ……」

しみじみと、声が出た。

こんなに広い海は久しぶりに見た気がする。

漂ってくる潮のかおりも、冷たい海風も、泣きそうなくらいに心地いい。

「はは、海だ。すっごい久しぶり……」

「久しぶりなんですか?」

「うん、久しぶりなんです。社会人になってからはちっともこっちに来られなかったし」

そこで、この続きを言ってもいいものだろうか、とためらう。

けれど彼にだったらいいだろうかと、思い切って言葉を続ける。

「……震災の後は、海を見たくなくて」

しん、と、隣に立つ彼が口を閉ざしたのがわかった。

それでも、みや子は話すことをやめない。

まるで吐き出すみたいだ、と思った。

みたい、ではなく、事実そうなのだろうけれど。

きっとどこかで、誰かに言いたかった。

「私、子供の頃こっちに住んでたことあるんですよ。小学校の頃、ほんの二、三年なんですけど。

親の仕事の都合で、祖母の家に預けられてて」

「それじゃあ、宮古に？」

「はい。転校した最初はすっごく嫌だったんですよ、よりにもよって宮古小学校で。宮古小学校に今日から仲間入りしたみや子ちゃんですー。みんな仲良くしましょうねーとか紹介されちゃって。ギャグじゃないですか、なんか」

びっくりするくらいすらすらと言葉が出てきた。

止められることが、怖かったのかもしれない。

今を逃したらもうどこにも話せないような気がしていたのだ。

「小学生って、そういうのすぐネタにするじゃないですか。て言っても、別に馬鹿にされたりいじめられたりとかはなかったんですけど、むしろすぐに馴染めたからそれはそれでよかったのかも。男子には変な名前、ってからかわれたりしましたけど」

「あぁ……よくありますよね」

「よくある話です」

「私もありましたよ。ユウ、なんて女みたいな名前だって。漢字で書くとユイとも読めるので、余計……」

「素敵な名前なのに、でもそういうの子供の頃じゃわかんないですよね」

みや子がここに住んでいたのは、小学校高学年の間だけだった。

親の仕事も落ち着き、中学生なら夜一人になることがあっても大丈夫だろう、と東京に戻ることになった。

みや子にはもう友達もいたし、祖母が一人になってしまうことも気になったけれど所詮は子供の身で、残りたいなんてわがままは言えなかった。

代わりに、夏休みや冬休みの長期休暇には必ず宮古に帰っていた。

小学校時代の友達と会うこともあったし、祖母と過ごす時間も大切だったし、何よりみや子はたった数年とはいえ、自分が過ごしたこの町が好きだった。

けれどそれも、高校の頃まで。

大学に入ってからは何かと忙しくて、バイトだ課題だサークルだとあっという間に埋まっていくスケジュールに、気づけば宮古からは足が遠のいていた。

「私、いつもそうなんです。目の前のことにすぐいっぱいいっぱいになっちゃって……そのうち時間が出来たら帰ろう、って思っているうちに社会人になって、ますますそれどころじゃなくなりました。時間は作ったらあったんだろうけど、それもしなくって。そしたら、あの震災が起きたんです」

その日、みや子はたまたま体調を崩して仕事を休んでいた。

薬を飲んでベッドに戻ろうとしていた矢先にあの地震が起きて、最初は熱のせいでふらついているのかな、なんて呑気なことを考えていたのを覚えている。

すぐに強い揺れが起きて、それどころじゃなくなったけれど。

部屋が大きく揺れて、テーブルに置いていたペットボトルが倒れた。壁に下げる形で収納している鞄やらアクセサリーが思い切り揺れて、そのうちいくつかはバサバサと落ちて、本棚の本も落ちてきていて、あれ、もしかしてこれ結構やばいんじゃないかな、なんて思いながらそれでも動けなくて、とりあえず呆然とベッドで布団をかぶって丸くなっていた。

ようやくおさまったところで、テレビをつけた。

てっきり震源地は関東だと思っていたのに、表示されていたのは東北地方、という言葉。

胸がざわついて、背中が一気に冷たくなった。

「何が起きているのかわかりませんでした。津波警報、って、でも津波が来るかもなんて話、地震がきたら絶対言われるじゃないですか。私がここに住んでいた頃もそんなこと何回もあったし、だからきっとまたいつものことだろう、大したことがないに決まっているって、そう、思って……」

「……」

「それでも気になって、おばあちゃんに電話したんです。そしたら、つながらなくて。あぁそうだよね、きっと今みんな電話かけているから、だから繋がらないんだよねって、そう自分に言い聞かせて、携帯を握りしめていました」

胸騒ぎは消えなかった。

それでも……考えすぎに決まっている、きっとすぐにいつも通りの日常に戻る、そう言い聞かせて……。

「……テレビを、見たんです。釜石が映っていました。あ、一回だけ行ったことあるな、って思って、そしたら」

宮古と釜石は、山田線でつながっている。

見慣れた風景ではなかったけれど、知らない土地でもなかった。

だからといって、まるで現実感なんて湧いてこなかった。


「みや子さん」

ぐっと腕を掴まれて、そこでようやく、言葉が止まった。

息がうまく整わなくて、喉の奥がヒリヒリと痛い。

泣いているわけじゃないのに、泣いているみたいだ。

「……次の日になっても、おばあちゃんと連絡は取れませんでした。テレビでは被害を伝える映像がずっと流れていて、その中には知っている景色もあって」

「……わかりますよ」

ずっと黙って聞いていたユウが、そこでようやく、相槌らしい言葉を返した。

その言葉に、思わず顔をあげる。

「わかります……俺も、同じでした」

「ユウさんも……」

「言ったでしょう、私も東京にいたと。その頃は就職して千葉にいたんですけど……幕張ってわかりますか？　あそこも海の側で」

「ライブで一回、行ったことあります」

「本社で打ち合わせしていたら地震が来て、でも俺が詳しいことを知ったのは夜、家に帰ってからでしたね。あのあたりも液状化で駅前とか結構大変なことになっていたんですが、まさか自分の地元がそれ以上にひどいことになっているとは思いませんでした」

かすかに浮かべられた苦笑いの中には、いろいろな感情が混ざっているような気がした。

悔しさとか、……寂しさとか。

それはあの日、みや子が味わったものと似ているのかもしれない。

「おばあちゃんとは……その翌日に、ようやく連絡がとれました。それまでは不安でたまらなくて、テレビもネットもずっとつけたままだったけど、その日からは全部切りました」

祖母と連絡がつくまでは、必死でがむしゃらだった。体調が悪かったことも吹き飛んでしまうくらいに。

家族の安否がわからない、そのことがこんなにも不安になるだなんて、できれば一生知りたくなかったと思った。

本当は、見たくなかったのだ。

テレビで流れてくる被害の映像も、安否の情報も、ネットのニュースも。それでも見ずにはいられなくて、どんどん苦しくなっていった。

だからあの日、祖母からの連絡で家も自分も無事だから心配しないで、という言葉を聞いた瞬間、すべてを切り離したのだ。

テレビも、ネットも、全部切った。

祖母とは連絡を取るようにしていたけれど、ライフラインが落ち着いて岩手へ行けるようになってからも、みや子は頑なに帰ろうとしなかった。

「見たくなかったんです。変わった町を見て、あれは本当にあったことなんだって思い知るのが怖くて……」

窓際の席ではなく、通路側の席を選んだのもそのせいだ。

もう暗いから見えるはずなんてないのに、それでも少しでも、景色を目に入れないように。

みや子は我ながら馬鹿らしい、と思っていた。

そこまでするなら、来なければよかったのに……。

東京にいれば忘れていられるのに……。

あんなこと、なかったみたいに過ごせるのに……。

「ええ。……その気持ち、わかりますよ」

「嘘！　だってユウさんは、会社辞めてこっちにいるじゃないですか」

「テレビで見ている景色が信じられなかったのは一緒です。信じられなかったから、戻ってきたんです。ほとんど勢いでした」

「それだけで、私とは全然違います。……私、ずっと逃げてたんで。見たくなくて、何もなかったことにしたくて……」

「でも、今ここにいるじゃないですか」

「……それも、逃げてきたんです」

みや子は、情けなくて笑うことしかできなかった。

ははは、と乾いた笑いを浮かべるみや子を、ユウは笑うこともせず、かといって下手な慰めを向けるでもなく静かに隣に立っている。

やっぱり、不思議な人だと思った。

昨日の朝、あのポスターを見つけたことすらも運命なんじゃないかと思ってしまう。

「仕事うまくいかなくて、ついでに彼氏ともうまくいかなくて。……びっくりするくらいありきたりでしょう？　よくある話、ってやつです」

「そうなんですか」

「そうなんです。宮古に来ることから散々逃げていたのに、今いる場所から逃げたい、って思ったらここに来ることしか浮かばなくて。駅でポスター見つけた時、あぁ、行こう、って思いました。行っちゃおう、って、勢いのまんま。今なら行ける気がする、って根拠のない気持ちで、ちょっとテンション高くなっていたのかもしれないです。大宮行って、新幹線に乗って、八戸で降りて、久慈から三陸鉄道に乗って」

「宮古に来るなら、盛岡乗り換えでバスの方が早かったでしょう」

「そこはまぁ、三陸鉄道のポスター見て来たからには三鉄乗りたいなって思ったのと……あとは、心の準備をしたかったから」

まさかそれで、田野畑で立ち往生することになるとは思っていなかったけれど……。

「不思議ですよね」

ぽつり、とつぶやくと、声がそのまま潮風に乗ってどこかへ流れていくような気がした。

「あれだけ怖かったのに、こうして来てみたらやっぱり懐かしくて、落ち着くんです。久しぶりにすごく気持ちよく、息ができた気分」

何かあると、海に来ていた。

何かを決めたいときにも、海に来ていた。

ここに来るまで感じていた息苦しさも不安もなくて、心も頭も妙にスッキリした気分で深呼吸をする。

大きく吸い込むと、冷たい風がヒリヒリと傷んでいた喉を冷やした。

「そういうものですよ」

「そういうもの……ですか」

「そういうものです。ふるさと、ですから」

ふるさと……。

自分の口でもう一度繰り返してみると妙にくすぐったくて、まだしっくり来なかった。

今まで生きてきた中で、過ごした時間は東京の方がずっと長い。

だけど、ふるさとと呼んでもいいのだろうか……。

この場所を。この、風景を。

「ふるさと、か……」

胸の中が、すぅっとしていた。

他人に全部さらけ出してしまった恥ずかしさよりも、今はその清々しさのほうが勝っている。

今は穏やかに見えるその海の姿を、みや子はやはり嫌いにはなれないと思った。

大好きだ。綺麗で、ぐちゃぐちゃに絡んだ自分の心を解いてくれそうに単純で、大きくて。

「明日も晴れそうですね」

「はい。晴れそうです」

目の前の穏やかな海の景色を目に焼き付けるように、みや子はずっと眺めていた。

◇

季節は本格的に冬に突入して、十二月。内陸の方では雪も積もっているらしい。

ボッと音を立て、古い石油ストーブが独特の香りを漂わせながらひんやりとした空気を温めていく。

田野畑の駅舎に誰もいないのをいいことにそのストーブの前を陣取って、ユウは静かに息をついた。

ユウは現在、宮古駅に勤務しているが、田野畑駅を管理する自治会との打ち合わせのために、定期的に以前の勤務先でもあるこの駅の仕事をサポートに来ている。

「……寒くなってきたな」

北国出身なのに寒さに弱いんだな、と大学生の頃、散々同級生たちにからかわれていたのを思い出す。

その度に、身体に搭載された耐性温度を超えれば寒いものは寒い、と適当な言葉で誤魔化していた。

「雪が降っていないのが唯一の救いだな……」

呟きながら、ストーブの熱を全身に行き渡らせるように手をこすりあわせ、ついでに冷えてきた背中を温めようとくるりと背を向ける。

その時……。

「あ……」

駅舎に入ってきた一人の女性が、こちらを見て気まずそうに目を逸らした。

しまった、と思っても遅い。

列車の少ない時間だから、すっかり油断していた。

「……こんにちは」

一瞬のうちに立て直して、営業用の笑顔を浮かべたユウはその女性に向き直る。

あとはもう、笑顔と言葉でごまかせるところまでごまかしてしてやろう、と思ったところで……。

「……ふふっ」

彼女が笑いをこらえていることに、気づいてしまった。

「失礼しました、お客さま……」

「ユウさんも、仕事中にあんなに気を抜くことがあるんですね」

「え？」

「あっ、すみません。憶えてないですよね、さすがに……。ちょっと前にお世話になったんですけど……」

そう言いながら顔を上げた彼女には、見覚えがあった。

先々月、列車の中で知り合った女性。

宮古まで行くつもりだ、というので車に乗せて、ついでに海まで回った彼女の顔を、ユウは忘れていなかった。

「みや子さん！」

「あ、嬉しい。憶えててくださったんですね」

「ええ、髪を切っていらっしゃったので、一瞬気づきませんでした。申し訳ないです」

「いえいえ！　むしろ憶えててもらっただけで十分です」

背中に届くくらいまであった長い髪はばっさりと切られて、ショートボブになっていた。あの時は気づかなかったけれど、こうして見ると少し幼い顔つきをしているのがわかる。にっこりと浮かべられたのは満面の笑みといって差し支えない笑顔で、その表情はあの時には見られないものだった。

きっとこれが、彼女の本来の笑顔なのだろう。

「今日はどうされました？　今度も宮古に行けなくなりましたか？」

出会った時のことを思い出してユウが尋ねてみると、違いますよーと照れくさそうな声が返ってくる。

「さすがにもうあんなミスはしないです……ちゃんと調べてきましたから！」

「それならよかった。ご帰省ですか？」

「帰省……といえば帰省ですかね……」

前回は急に来たからと、その翌日には帰る予定だと話していたのを覚えている。あの海で、泣きそうな声ですべてを吐き出した彼女は、会社サボっちゃったんです、と最後の最後に気まずそうに笑っていた。

道理で平日のあんな時間に、一人で乗り込んできたわけだと納得したのを覚えている。

「今回はゆっくりしていかれるんですか?」

「はい。しばらくいようと思います……気が済むまで」

「気が済むまで?」

随分悠長なプランだな、と思って思わず尋ね返すと、みや子は少しいたずらな表情を浮かべて種明かしをした。

「実は会社、辞めてきちゃったんです」

「えっ」

「ついでに彼氏とも別れました。フリーです、いろんな意味で!」

ばんざい、と両手を上げながら明るく言う彼女に、ぱちりとまばたきを一つ。

そうしてユウは、営業用とは違う、心からの笑顔を浮かべた。

「……そうでしたか」

「今は、祖母の店を手伝っています。祖母もずっと一人で大変そうだったし、少しでも支えられたらと思って」

「素敵ですね。お祖母様《ばあさま》はお店をやっていらっしゃったんですか」

「はい。よかったらいらしてください……と言っても宮古なので、ここからだとちょっと遠いかも」

「いいえ、実は私も現在は宮古駅の勤務なんです」

「えっ、そうなんですか?」

「はい。今日はたまたま、別件で田野畑に来ていて……よかったら、お店の名前を教えていただけますか?」

「あっ、はい。『京や《きょう》』っていうんです。うちのおばあちゃん、京子さんていうので」

京や、と持っていたメモにさらさらと書いて、ついでに電話番号と住所が添えられる。

差し出されたそのメモを、ユウは胸ポケットに入っている手帳に丁寧に挟んだ。

「小料理屋なんですけど、昼は定食も出してるので、お昼ごはんでもぜひいらしてください。今のおすすめは、手作り新巻のとろろ定食ですよ!」

「あぁ……聞いただけでお腹がすいてきますね」

手作り新巻。

この季節になると海沿いの店や家で目にする、あの鮭をまるごと吊り下げた光景を思い出した。

あれを見ると、冬が来るなと実感する。

「じゃあ、近々ぜひ伺わせていただきます」

「はい、お待ちしています」

綺麗な笑顔を浮かべた彼女は、最初にあの車内で見た彼女とは別人のようだった。

発車寸前で車内に駆け込んできたみや子が、ユウは最初から気になっていた。

どう見ても地元の人間ではないのにやけに身軽だったり、まるごと空いているボックス席の、あえて通路側に座っていたり。

観光客ならば外の景色を眺めるなりするだろうに、彼女は久慈駅から田野畑までの約一時間、ほぼずっと眠り続けていた。

あの日は仕事後にたまたま、だったけれど、ユウは休日にもよく北リアス線に乗っている。

それは学生の頃からのユウの習慣のようなもので、列車の中での勉強は休日の過ごし方の一つなのだ。

そうして訪れる乗客たちを眺めるのもまた、最近のユウの習慣になっている。

そんな中で、彼女のような人は見かけたことがなかった。

だから、らしくもなく介入してしまったのかもしれない。

あるいはどこか、自分と似ているものを感じたからか。

あの海で彼女の吐き出す言葉を聞きながら、ユウ自身もあの震災の日を思い出していた。

当時勤務していた幕張にある本社での会議の途中に感じた強い揺れと、その後家に帰ってから知った故郷の状況と。

翌日、自宅待機を命じられて家で仕事をしながら眺めたテレビの画面の向こう側に映っていたのは、知っている景色のまるで知らない姿で……ひどく動揺したのをユウはおぼえていた。

幸いというべきかユウの実家は大した被害もなく、連絡もすぐについたので安否がわからず焦ることはなかったけれど、友人たちの中には大きな被害を受けた人間も少なくなかった。

会社を辞めたのは、ほとんど勢いだ。

あのままの気持ちで、仕事を続けていくことができなかった。

けれど戻ってきて、自分にできることのあまりの少なさに絶望して、その中でもなんとかやれることを見つけて、こうして就職して……。

（もうすぐ五年、か）

あの日から、もうすぐ五年。

そういえばその間にあんなにもはっきりとその話をしたのは、仕事を除けば初めてだったかもしれない。

「……ユウさん、ありがとうございました」

「え……」

「あの日、ユウさんに会えてよかったです。一人でもやもやと溜め込んでたものを、全部外に出すことが出来ました」

「私は何も……」

「何もしてない、とか言わないでくださいね。充分、してもらいましたから」

そう言う彼女に、少しはうぬぼれてもいいのだろうか、と思う。

あの日から、進んでいるようで止まった時間を過ごしている人はたくさんいて、ユウはそんな人たちの力になりたかった。

地元の人間、というわけではないけれど、みや子もそんな一人だったのだとしたら、この場所に戻ってきた意味はあったのだ、と、そう思ってもいいのだろうか。

「……あっ、そろそろ列車来ちゃいますね。夕方の仕込みもあるし戻らなくちゃ。ユウさんもこの列車で戻るんですか？」

「いや。私はもう少し仕事があるので」

「そうですか……すみませんユウさん、それじゃ！」

「あっ、みや子さん！」

「はい？」

思わず呼び止めてしまったけれど、振り返った彼女に何を尋ねるのも野暮な気がして言葉を飲み込む。

そうして代わりに、別の言葉を。

「新巻定食、楽しみにしています」

微笑みと共に、彼女はホームに向かっていく。

その後ろ姿を見送って、ユウはさっきまでの寒さがなくなっていることに気づいた。

心が妙にポカポカと暖かい。


みや子が去るとユウは、自分のバッグの中にある一冊の本を見た。

このところ、休日の度に列車に乗っているのはもちろん乗客の姿を見たいということもあるが、もっといろいろなことを知りたいという欲求が強くなっているのも、また確かな理由だった。

ユウは、正直なにも知らずにこの業界に飛び込んだ。

それまで培ってきたスキルは当然使えないし、文字通りゼロからのスタートだった。

大学入学をきっかけに地元を出て、それ以来は年に一度帰ればいい方だったから、その前数年間の三陸の状況も知らなかった。

そんな中で何が出来るかなんてわからなくて、それでも後悔するよりはましだと、帰ることを決意した。

あの時、海で吐き出した彼女の素直さは、正直なところ少しうらやましい。

あんなふうに吐き出すことなんて、ユウにはできなかった。

知っている場所が知らない景色に変わっていく恐怖も、その悔しさも。

（……とは言え、いつまでも何も知らない、ではいられないからな）

学生時代にとった簿記の資格は多少役に立っているけれど、それだけではこの先足りなくなってくることもきっとある。そう考えるとやはりもう一つ、何かが欲しかった。

そう考えて最近手にとったのが、旅行関連の資格で唯一国家資格となっている旅行業務取扱者資格だったのだが、違うのかもしれない、と最近感じるようになっていた。


いまやるべきことは、本当に資格をとるために学ぶことなのだろうか。

それよりも、もっと――ここに暮らす人たちのことを知るほうが、大事なんじゃないだろうか。

ふと顔を上げて、駅舎に飾られているポスターを眺める。

例えば、彼……恋し浜レンのように……。

(地域振興と、住民のサポートも行っている……と、言っていたな。たしか)

その中には、あんな風に他人から笑顔を向けられるような仕事もあるのだろうか。

業務の範囲はやや超えているかもしれないが、そういうことに熱くなることも、なかなか悪くない気がする。

「……頑張るか、俺も」

何より、南にいるレンに負けているわけにもいかないと感じていた。

寒さを振り払うように一度大きく深呼吸をして、ユウはひとまず今の自分の仕事へととりかかった。

【第三章】恋と花火と鉄道ダンシ

「うーみーひろいうみーあおいうみー」

「おーい恋ヶ窪、何歌ってんだ」

業務の最中、ポスターを貼りながら適当な歌を口ずさんでいた恋ヶ窪ジュンは、先輩からの声にくるりと振り向いた。

「海の歌ですね」

「……なんでいきなり海なんだ、この真冬に」

つい先週は、東京でも初雪が降った冬まっただ中。

海、を歌うのに少々季節はずれな時期だと言うのは百も承知だ。

「いや、これを見ていたらなんだか海を見たくなっちゃって」

「ん？　あぁ、三陸鉄道のポスターか」

ジュンが新たに貼っていたポスターの隣には、随分前からここに貼られているポスターが二枚。

青い海と木造の駅舎をバックにして、二人の青年がそれぞれ笑っているものだ。

どちらにも彼ららしいコピーが添えられていて、なかなか様になっている。

「そういえばお前、三陸に行ったことあるって言ってたっけ」

「はい、五年くらい前にちょっとだけですけど」

五年前、大学が募集していた復興支援のボランティアに応募したジュンは、二週間ほど三陸で過ごしていたことがある。

派遣されたのは大船渡市で、そこで知り合ったのが何を隠そう、このポスターに載っている一人——恋し浜レンだった。

(元気かなぁ、レンさん。……ユウさんも)

その隣の田野畑ユウは、ジュンにとって大学時代に交流のあった先輩だ。

ユウが社会人になってからは疎遠になってしまっていたので、彼が三陸に戻っていること、それも三陸鉄道に勤めているということを知ったのは、このポスターを見てからだったけれど。

(行きたいな、三陸……)

あの場所は、なんだか独特の空気を持っていると思う。

ジュンは生まれも育ちもここ恋ヶ窪駅の近くで、ボランティアで行くまで三陸にも岩手にも縁はなかった。

それなのにどうしてかやけに居心地がよくて、今ではこんな風に懐かしさすら覚えている。

まるで故郷を思うみたいだな、と自分で思って、くすりと笑いがこぼれた。

「……まぁでも、近々叶うと思うぞ。その、海が見たいってやつ」

「へ?」

突然の言葉に首を傾げて、隣で同じ業務にあたっている先輩を見る。

すると彼はにやりと何か含みのある笑みを浮かべて続けた。

「今、三陸鉄道でいろいろと面白い試みをしているらしくてな……今後の参考にって、ウチから一人研修に行かせるらしい」

「面白い試み？　なんですか、それ？」

「さぁ。俺も詳しいことは知らないけど」

（へぇ……レンさんに聞いたら、何かわかるかな）

「たぶんその研修、お前が行くことになると思うぞ。若い人材の方がいいって言っていたからな」

「えっ、じゃあ僕、出張ですか」

「なんだよ、嬉しそうだな」

「だって出張なんて初めてですもん。ちょっとドキドキするじゃないですか」

ジュンは、大学を卒業してすぐに西武鉄道に入社し、その後恋ヶ窪駅に配属されて今日まで駅務を中心とした業務にあたってきた。

会議や報告会で本社に行くことはあっても、なかなか出張というものには縁遠いのがこの仕事だ。だからこそ、その響きだけで少しわくわくしてしまう。

「おーい、浮かれすぎんなよ？　まだ決まったわけじゃないんだから。俺もちょっと耳に挟んだだけの話で……」

「はい、大丈夫です！」

元気に返事をするジュンに、先輩がふと遠い目をする。

まるで小学生を相手にしているかのような、とてもいい返事だった。

（本当に出張になったら、久しぶりにレンさんにも会えるかな……。そうだ、ユウさんにも！）

鉄道会社職員としても、先輩にあたる二人だ。

いろいろと話を聞くだけでも、きっと勉強になる。

そう思いながらその日の業務を終えて駅員事務室へ戻ったジュンに、早速と言わんばかりに三陸鉄道への研修出張の話が持ちかけられた。

「三陸鉄道で行われている事業の視察と、イベントの手伝いが主な仕事になるかな」

ジュンの父親と同じくらいの年齢であるその上司は、そう言いながら微笑む。

「何かと勉強になることも多いと思う。せっかくの機会だから、いろんなものを見てくるといい」

「はい！　あれ、でもイベント？」

「あぁ……なんでも近々、三陸鉄道の方で南と北、共同のイベントをやるらしい」

「共同の……」

ということは、レンとユウ、両方に会える可能性が高いということだ。

何より前回は大船渡市にしか行かなかったので、三陸鉄道本社のある宮古駅をはじめ、北リアス線の方はジュンにとって初めて訪れる地でもある。

（なんだか楽しくなりそうだ）

いろいろな意味で期待が高まっていく。

数日後、ジュンはキャリーケースを携えて釜石駅へと降り立った。

◇

（着いたー……！）

新幹線で東京から新花巻駅まで二時間強、そこから釜石線で約二時間。

新花巻駅に降りた時には雪が積もっていて少し心配になったけれど、沿岸部は比較的あたたかいのか、列車が進むにつれて雪はなくなっていった。

……と言っても、寒いものは寒いのだが。

（一番あったかいコート持ってきて正解だったな……）

本来ならここから南リアス線に乗り換えて、視察がてら盛駅まで向かう予定だった。

気仙沼乗り換えではなくあえて釜石乗り換えを選択したのは、せっかくなので南リアス線に乗って向かおうと思ったからだ。

多少時間はかかるが、列車の旅はジュンも嫌いじゃない。

しかし、新幹線に乗っている間に一つ、予定変更が伝えられた。

どうやらまさに今日、イベントの話し合いが宮古駅の本社方で行われるらしい。

久しぶりに届いたレンからのメールには、釜石まで車で迎えに行くのでそこから一緒に向かおう、という内容が書かれていた。

イベント担当の中にレンがいるのは嬉しい驚きだ。

ただでさえ慣れない土地、知っている人間が側にいればこれほど力強いことはない。

「おっ来たな、ジュン！」

「レンさん！」

駅の前にはもうレンが待っていて、ひらひらとこちらへ向かって手を振っていた。

「よ、久しぶり！」

「お久しぶりです、お元気でしたか？」

「おー、元気元気……それにしてもお前、随分重装備で来たなぁ」

厚手のコートに厚手のマフラー、さらにはニット帽までかぶったジュンの姿を見てレンが笑う。

前回来たのは夏だったので、東北の寒さ、というものを知らないジュンはこれでも万全の対策を取ってきたのだ。

ちなみにポケットの中にはしっかりとカイロが入っている。

「だって僕、初めてなんですよ東北の冬って。……ていうかレンさんの方は薄着過ぎませんか」

ジュンに対してレンはというと、制服に軽そうなブルゾンを羽織っただけの姿だ。

しかも、ブレザーは着ていない。

やっぱり慣れか。

それとも、耐性の問題か。

東京でだってそんな薄着で過ごせる自信のないジュンが考えこんでいると、ぽんと頭に手を置かれる。

兄貴肌というのだろうか、何の気負いもなくこういうことをする人だと、そこで久しぶりの感覚を思い出した。

「ま、そのカッコの方が正解かもな。北三陸の方はこっちよりさみーから」

「やっぱりそうなんですか……」

「おー、同期のやつ……そいつなんて北出身のくせにめちゃめちゃ寒がりで」

同期、で、寒がりな人物……。

ふと、もう随分昔の冬の光景を思い出した。

そういえば列車の中で会うユウは、いつもやたらと重装備をしていたような。

「もしかしてその同期の方って……ユウさんですか？」

「へっ？　お前、ユウのこと知ってんの？」

その意外な展開に、レンが目を丸くする。

「前に来たときは会ってねぇよな」

「あ、はい。僕もユウさんが三陸鉄道にいるって知ったのはわりと最近なんですけど、大学時代に、お世話になっていて」

「え？　あ、あー！　そっか、あいつ東京の大学だもんな！　や、でもすげぇな、超偶然すぎる！」

「はい、初めて知った時はびっくりしました。しかも、ふたりそろって鉄道ダンシって言われているんですね。ちょっと笑っちゃいました」

「そう言うなって。何でそうなったのか、俺たちもわからないんだよ……でもそっか、だったら話早くていいな。今回の企画、俺とユウが実働部隊ってやつでな。正直二人じゃ手が回りきらなかったから、ジュンが来てくれて助かるわ。研修で来てる人間に悪いけど、ガンガン使ってくから、よろしくな」

がしっと豪快に肩を抱かれて、思わず頬が緩む。

ジュンは、レンのこういうところが妙に好きだった。

「ガンガン使ってください。僕もいろいろと勉強させてもらいます」

「相変わらず真面目だなー。ま、でもユウもいるから大丈夫か。とりあえず行こうぜ、荷物これだけ？」

「あ、自分で……」

「いいからいいから、今回は助っ人ってことでこっちがもてなす側だからさ。車あっちに停めてんだ」

そう言ってキャリーケースをつかむと、レンはすたすたと歩いていってしまう。

レンのこういうところは五年前から変わっていないな、と少し懐かしい気分になりながら、ジュンはその後を追いかけた。

駐車場に止まっていたのは青いミニバンで、レンの車だという。

「会社の車を借りても良かったんだけど、でかいほうが買い出しとか便利だろーと思ってさ。山道走るのも慣れている車の方が安心だし……」

「山道……」

「あ、ちなみにばっちり安全運転だから、そこは安心してくれていいぜ！」

にっと笑って運転席に座ると、シートベルトを促される。

ジュンがしっかりシートベルトを締めたところまで確認してから、レンは車を走らせ始めた。

駅のロータリーを抜けて、まずは市街を走る。

ぽつぽつと店や銀行が並んでいて、その向こうには大きなイオンの看板が見えた。

「あれが、有名な釜石のイオンですね。」

「おー。あれができたおかげで随分助かってるよ。表のとこにも店が増えて来ていてさ。カフェとか、ライブハウスみたいなのもあるんだぜ」

「へぇー……」

十字路には大きなホテルが二つ。

コンビニや、居酒屋も見える。

「……進んでるんですね、復興」

まだ新しい建物ばかりの町並みにぽつりとそんな言葉をこぼすと、まぁな、とレンが応じた。

「まぁ、まだまだ手届いてないとこは結構あるんだけどな。うちのばーちゃんも一年くらい前までは仮設暮らしだったし……」

「あっ、ハル江さん！　元気ですか？」

「おー、元気元気。つーか超元気。お前が来るって言ったら喜んでたよ。時間があったら顔出してやって」

レンの祖母であるハル江には、前回来た時に何度か会ったことがある。

家は流されてしまったと寂しそうに語っていた彼女は、それでも一人暮らしの仮設の部屋で、目一杯のごちそうをジュンに振る舞ってくれた。

「はい、ぜひ」

カチカチとウィンカーを点灯させながら、車が左折する。

だんだんと景色が町並みから山の風景に変わってきて、わずかに白い雪が見えた。

「あれ、雪が残っている……」

「一昨日くらいに降ったからな。ていっても、そこまでじゃなかったけど」

「東京も降りましたよ、先週」

「あー、なんかニュースやってたの見た。東京の方はあれだろ、たまにすごいの降ると大変なんだろ」

「あぁ……はい」

数年前に東京で降った大雪を思い出して、苦笑いを浮かべる。

あの時はジュンも、慣れない雪かきに四苦八苦した。

「大変だよな、列車とかすぐ止まっちゃうって言うし」

「そうですねー。なにせ用意されている装備が少ないですから」

「それなー」

他愛もない話は、途切れることなく続いた。

仕事の話も、最近あった出来事も。

メールは時々交わしていたとはいえ、実際に会って話すのはまた違う。

レンは人当たりがよくて、それが会話にも現れているから気負わずに話すことができる。

そのため自然と会話も弾んだ。

「あ、そうだ。僕、今回は三陸鉄道の事業の視察も兼ねてるんですよ。地域貢献に関わることだって言ってましたけど……レンさん、知ってますか？」

「知っているも何も、やってるの俺だよ。それ！」

「へっ⁉」

「俺とユウがそれぞれ南と北でいろいろやっていたら、いつの間にかそれが会社の活動の一部みたいになっちゃってさ。そんな大げさなことしてるわけじゃないんだけどな」

これまた、すごい偶然だった。偶然というかここまでくると必然のような気すらしてくる。

「あの、具体的には何するんですか?」

ずっと疑問だったことを尋ねてみると、珍しくレンが言葉を濁した。

「何、って言われると……うーん、何なんだろうな……」

「えっと、業務内容とか……」

「地域振興と住民のサポート、ってことになってる。一応」

「地域振興と住民のサポート?」

まんま言葉を繰り返したジュンに対し、曖昧だろ、とレンは笑ってみせる。

「要は何でも屋みたいな……って、結局説明の仕方がこれっていうのもなぁ、芸がないっていうか」

ぶつぶつと言っているレンの隣で、ジュンはもう一度その言葉を繰り返す。

要するに、地域の人たちに対してできることを精一杯やる、ということだろうか。

「ユウなんかは、東京で働いてた時の経験を活かして、地域のイベント……例えば商店街とかのな。そういうのに企画から相談にのったり、その場所の自治体とかが作ってる特産品とかそういうものを駅で販売する段取りをしたりとか、しているみたいだけど……」

「レンさんは?」

「俺はあんまり難しいことできないから……まぁ相談にきたじいちゃんとかばあちゃんの話聞いて、どういうことしてほしいんだーっていうのを探って、それを叶えていく感じかなぁ。中には買い出しの手伝いとか駅までの送迎、なんてのもあるけど」

「本当になんでもやってるんですね」

「本来のメインの仕事は、地元の企業やお店なんかと連携してイベント列車の段取りをしたり、その後片付けしたり、その他のイベントをサポートしたり、ってことなんだけどな……」

レンはからからと笑い声をあげながら話してくれた。

「要するに……地域の人たちと鉄道をつなぐ仕事、ってことですか」

「お、それそれ！　うまくまとめたな、ジュン。つまりそういうことだ！」

「なるほど……」

三陸鉄道はその地域に暮らす人たちにとって、特に車を運転できないお年寄りや学生にとっては大事な足だと聞いている。

レンとユウの活動は、そんな鉄道をより身近に感じてもらうためのものなのかもしれない。

（……いいな、そういうの）

「この間は幼なじみが船買ったんだけど、それの名付けと大漁旗作れとか言う無茶な依頼してきてな」

「えっ、そういうのもありなんですか⁉」

「ありあり。なんなら恋愛相談とかもしょっちゅうだぜ」

鉄道会社に勤めていて、恋愛相談。

……思っていたよりも、なかなか濃い活動のようだ、とジュンは思った。

◇

「お弁当お届けでーす！」

明るい声が、宮古駅の2階にある三陸鉄道の本社内に響く。

書類をまとめていたユウが顔をあげると、みや子がこちらを覗き込んでいた。

「みや子さん。すみません、無理を言ってしまって。ありがとうございます」

「なになに、ユウ兄、愛妻弁当？」

「いいなーみや子さんの料理めちゃめちゃうまいじゃん！　誰かさんと違って」

「誰かさんって誰のこと、渡《わたる》！」

「……ふたりとも、何を馬鹿なこと言ってるんですか」

からかうように声をあげたのは、学校新聞の取材で来ていた二人の高校生だ。

本社の応接スペースで、取材相手の三陸鉄道社員が来るのを待っているのだった。

宮古高校の生徒で、どちらも田野畑から通っているためユウが田野畑の駅務をこなしていた頃からの知り合いでもある。

幼なじみらしい二人はもう三年生で、学校も自由登校になるというのに変わらず学校新聞作りに仲良く二人で参加していた。

「残念、愛情はたっぷりこもってるけど愛妻弁当じゃありませーん」

呆れた言葉しか返せないユウの横で、みや子は楽しげにそう返す。

京やは駅の近くにあり、みや子自身もよくこの駅に顔を出しているので彼女たちともすっかり知り合いだ。

「なになに、慈《ちか》ちゃんって料理苦手なの？」

「うっ……」

みや子から話を振られた慈という少女が、気まずそうに目をそらす。

苦手ってわけでは……と、もごもご口を動かす慈に突っ込んだのは、一緒にいた渡《わたる》と呼ばれる少年だった。

「目玉焼きすらまともに作れないやつは、はっきり苦手って言うんだよ」

「目玉焼きくらい作れるわよ、失礼ね！　そういう渡こそ……」

「ん？　渡こそ、何？」

「く……っ！」

にやにやと笑う渡に、慈が悔しそうに眉を寄せて開いていた参考書の上をばしばしと両手で叩く。

「もー、ムカツク！　ほんっとムカツク！」

「そういうこと言っていると、もうお前の好きなチーズハンバーグ作ってやんねーぞ」

「何それずるい！」

賑やかなやりとりに、目が合ったみや子とユウは、どちらからともなく笑ってしまった。

「……いいですよねぇ、高校生って」

二人から少し離れて隣に来たみや子が、しみじみと言ったようにつぶやく。

「そうですね、若いな、と思います」

「ふふ、ユウさん、その言い方だとおじさんみたいですよ」

「いやいや、もうおじさんですよ、彼らと比べたら十歳近く年も違いますし」

「あー、そっかぁ、高校時代ってもう十年近く前になるのかー……そう考えるとちょっと落ち込む」

「何を言っているんですか、みや子さん、まだ若いでしょう」

「それを言ったらユウさんだって……」

そこで言葉を止めて、互いに顔を見合わせる。

今度は同時に吹き出してしまって、二人で肩を揺らした。

「おかしい、何を慰め合っているんでしょうね、私たち」

「これは褒め合っている、ということにしておきましょう……あぁ、すみません。お弁当の代金、今お支払いしますね」

「あっ、はい！　四名さま分で、合計二千八百円になります」

「それでは、ちょうどで」

四人前のお弁当を中に入れようとすると、とん、と誰かにぶつかった。

ん？　と思いながら下を向けば、やや身長の低いユウの上司、弥一《やいち》がこちらを見上げていた。

「す、すみません弥一さん！　見えなくて……あっ、じゃなくて」

「いいからいいから。みや子ちゃん、わしの分もお弁当はあるのかね」

「もちろんですよー。弥一さん用は特別製ですから、ちゃんと残さず食べてくださいね！」

みや子の言葉につられるように手元を見れば、一番上のお弁当には確かに弥一さん、と達筆な筆文字で書かれている。

書いたのはおそらく、みや子の祖母である京子だろう。

「あぁ、それからね、ユウくん。机の上にいつもの置いておいたから」

「あ、はい。すぐ確認しますね」

「ゆっくりでいいよぉ。もうすぐレンくんたちも着くじゃろう」

「あ、お弁当ってレンくんのだったんですね。あれ？　でもあとひとつ……」

「東京から一人、今日からしばらく研修に来る人がいるんですよ。例のイベントの手伝いも兼ねて」

「あぁ！　そっか、もうすぐですもんね」

なるほど……と納得したように頷くと、みや子は受け取った弁当代を下げていたショルダーにしまって、ぺこりと頭を下げた。

「じゃ、私はそろそろ失礼します！　毎度ありがとうございましたー！」

入ってきたときと同じ、明るい声でそう言うと、渡と慈にも挨拶をしてみや子は帰っていった。

「それじゃあ私も仕事に戻ります。弥一さん、よろしければ先にお弁当、どうぞ」

「いいのかね？　それじゃあいただこうかねぇ」

フォッ、フォッ、フォッ、なんて笑い声が効果音で聞こえてきそうな穏やかな笑顔を浮かべて、自分の分のお弁当を持った弥一さんは辺りを見渡す。

「あっ、弥一さんここ大丈夫ですよー」

「ぜひ、こちらで！」

「おやおや、ありがたいねぇ」

渡と慈の二人に手招きをされて、弥一さんは嬉しそうに二人の間におさまった。

それでいいのだろうか……いいんだろうな。

何とも和む光景に気が抜けそうになりながら、ユウは自分の席へ戻る。

机の上には、書類と一緒に何冊かのノートがまとめて置かれていた。

ユウの仕事は、そのほとんどが地域の商工会や企業からのものである。

自分のところの特産品を駅で取り扱って欲しい、とか、地域でイベントを興すのでその企画相談に乗って欲しい、といったどちらかと言えば事務的なものが多く、そのために確認する書類も必然的に多くなっていた。

その一方で、もう一つ。

これは南リアス線の恋し浜レンが始めたことではあるのだが、大事な仕事がある。

それがこの、各駅に置かれているノートの確認だ。

そのほとんどが震災の様子を見に来た観光客からの応援の声や観光の感想といったものばかりだが、ユウはそれらになるべく丁寧に目を通すようにしている。

ここを訪れてくれた人、常日頃から利用してくれている人。

そんな人たちの声を聞き、それに応えたい。

最初にこのノートの内容に気づいたレンのことを素直にすごいと思うし、そのためにあっという間に行動を起こしたところも尊敬している。

そういったバイタリティや行動力の高さは、ユウには持ちあわせていないものだ。

けれど今日のノートは、一つ、様子が違った。

(……なんだ、隠れてる……)

あえて間を空けた後ろの方のページに、やけに可愛らしい柄のマスキングテープが張られているのが目に入った。

その下に何か書かれているようで、見てもいいものだろうか、と悩みながら……それでもここに書かれている以上はきっと誰かに届けたいものなのだろうと判断して、少し緊張しながらそのテープを剥がす。

(珍しいな、こういうのは……)

思いながら開いて、ぴたりとユウの手が止まった。

そのまま事務所の応接スペースで、楽しそうに弥一や遅れてやってきたインタビュー対象の社員たちと話をしている渡と慈の姿を眺める。

「……参ったな」

ノートの表紙には、田野畑駅、の文字。

『渡が行く前に、気持ちを伝えたいです（ちか）』

田野畑駅を利用する人間で、その二つの名前の持ち主なんて――ユウには、いま目に入っているあの二人しか覚えがなかった。

◇

車を運転すること約二時間弱、宮古駅を訪れたレンは妙な居心地の悪さを感じていた。

（……なんか、ユウが、おかしい）

「ユウさん！　お久しぶりです！」

「……恋ヶ窪か。久しぶりだな。まさかこんなところで会えるとは思わなかった」

「僕もですよー。ユウさんが三陸鉄道にいるって知った時は、本当にびっくりしました！」

目の前では、微笑ましい再会シーンが繰り広げられている。

微笑ましいもなにも、男二人では甘酸っぱさの欠片もないけれど。

しかし今の問題は、そこではない。

親しげな二人の間になんとなく入って行きづらい空気だなーとか、そんなレベルの話ではないのだ。

「……あの、ユウさん？」

レンは恐る恐る声をかけてみるが、ユウはふいっと目を逸らす。

そしてそのまま、再びジュンの方へと視線を向けた。

「会議の用意はしてある。と言っても、事務所の中だから散らかっていて申し訳ないが……」

「いえいえ、こちらもお邪魔させていただく身ですから！　代わりに精一杯働かせていただきます！」

「助かる。レンと二人じゃ、正直手がまわりきらなくて……」

と、そこでようやく顔を上げたユウがレンの方を見た。

なんというか、蛇でも射殺せそうな視線でもって。

（ひぃっ⁉）

俺、何かしたっけ俺何かしたっけ俺何かしたっけ、と一気に思考を加速させてみるけれど、思いあたる節がまるでない。

割振られていた仕事はきちんとこなしているし、イベント準備だって順調に進んでいるはずだ。

店を出してもらう予定の漁師仲間にもきちんと話を通してきた。

問題ない……問題ないはず！

「とりあえず、昼食を用意しているから中に入ってくれ」

「はい、失礼します」

「お、もしかしてこれ、みや子さんところの？」

「……あぁ。無理言って、昼の定食を弁当にして届けてもらった」

「やった、ありがたい！　しかも新巻！　いいね、季節だね！」

わざとらしく明るく振る舞うレンを見て、ユウがはぁ、と溜息をこぼす。

そんな二人の間に挟まれたジュンは、戸惑いながら口を開いた。

「さっきレンさんにも聞いたんですけど……その、会議の前にお二人のお仕事と今回のイベント概要をもう少し詳しく教えていただけますか？」

「あぁ……そうだな」

「そっか、イベントの話はほとんどしてなかったよな、俺」

「俺たちが中心にやっている活動の内容は話したのか？」

「おう！　何でも屋っぽいって話したら、要するに地域と鉄道をつなぐお仕事ですねってジュンがうまくまとめてくれたぜ」

「何でも屋って、おい、レン」

「なんだよ、俺だって何でも屋っつーのはちょっと違うよなって思うけど、一番わかりやすい説明がそれだったんだから仕方ないだろ！」

俺にうまい説明を求めないでくれ、と投げると、お前がそんなんだから……と珍しく文句が続く。

いつもならここは、お前らしいな、とやや引っかかる一言でもって話は終わるのに。

「なんだよ、なんか今日変だぞ、お前」

「……管轄外の依頼が来て、正直なところ頭を痛めている」

つついてみると、意外にもあっさりと答えが返ってきた。

管轄外……。

ユウの言葉から連想されるような依頼が思いつかなくて首を傾げていると、しばらく悩んだユウが一冊のノートを持ってきた。

「あ、もしかしてノートに何か書いてあった？」

「ノート？」

事情のわかっていないジュンにも、レンの方から説明してやる。

各駅に置かれているノートと、それに対する自分たちの立場について。

「へぇ……そういえばノート、置いてありますよね。普段生活している場所だとなかなか気づけないけど、コメントしたり、っていうのはいいかもしれないですね。つながってる感じがして」

「だろー。直接だと言いづらいことも、どこに吐き出していいかわかんねーような気持ちとかも匿名で書けるし、書くだけですっきりすることもあるだろうしな」

ふむふむと、ジュンはそれをメモに取っている。

呑気に話す二人の前で、ユウは深くため息をついた。

「レン……お前、この中身が気になるか？」

「え、いやでもそれ北リアス線のノートだろ？　俺が見てもどうしようも……」

「気になるよな？」

「……き、気になりマス」

妙な威圧感に、思わず頷いてしまう。

なぜかわからないが、レンは時々、ユウにまるで敵わない。

これが年の功、ってやつなのだろうか……そこまで大きく差はないはずなのだが。

「見た以上は、もちろん協力するよな？」

「ちなみにそれ拒否権は」

「ない」

「……ハイ」

ユウがそこまで言う依頼って、一体なんなんだ。

空を飛びたいとかそんな願いだったら到底叶えられない。

そういうのは鉄道会社じゃなく、航空会社に頼んでくれ。

見当がつかずに怯えるレンに、ユウはそのノートを差し出した。

受け取って、開いて……それを読んだレンは、拍子抜けする。

「……なんだ、こんなことかよ」

「こんなことじゃない」

「恋愛相談だろ？　よくあることじゃん」

「よくあるのか!?」

驚くユウに、あれ、と思う。

レンからしてみれば、告白したいとかデートに誘いたいとか連絡先が知りたい、なんて依頼はしょっちゅうあるもので、それこそノートの中身のほとんどがそれと言ってもいいくらいだ。

南と北という場所の違いだけでそんなにも差が生まれるだろうか……と考えたレンは、そこで、と思い出した。

綾子の言っていた、車内で話していたという女子高生の会話。

「あー……そっか、わかった」

「何がわかったんだ？」

「ほら、南は恋し浜駅があるから……あそこ恋が叶う駅とか愛の磯辺とか言われててさ、だから恋し浜のノートってほとんどそればっかりだし、俺もまあ名前がわかる相手だと探してちょこちょこ話聞いたり助太刀したりしてて……」

レンの開くノートには、無記名のものも当然たくさんある。

現にこの間、綾子のものがそうだった。

そういうものは、ひっそりとその願いの成就を祈るくらいしかできない。

当たり前だ、レンは神様でも何でもないのだから。

「ロマンチックなジンクスですねー。さすが恋し浜」

「叶えられそうなものは話聞いたりして叶えてるから、いつの間にかこのノートに願い書くと叶う、なんてジンクスまで出来てるみたいでなー。さすが俺？」

「やっぱりお前が原因か」

会ってから三十分ほどで、ユウのため息を聞くのは何度目だろうか。

レンだって遊びでやっているわけじゃない、真剣に仕事に取り組んでのことだ。

そんな悪の元凶みたいな言われ方は心外である。

「いいだろ、通常業務に支障ない範囲でやっているんだから」

「なるほど……そのジンクスがどこかから、こっちにも伝わってきたんですね、きっと。ユウさんはこういうものは見たことなかったんですか？」

「まったくない、とは言わないが……わざわざテープで隠して、こんな風に名前まで書かれているものを見るのは初めてだった」

「あー、それ、すげぇ本気って感じだな」

「やっぱりそう思うか……まぁでも、これはつまり願掛けの一種ということだな」

そう考えると少し気も楽になったのか、ユウのまとっていた雰囲気が和らぐ。

とりあえず危険を回避出来たことに安堵して、レンはそのノートをもう一度見た。

「ていうかさ、気持ちを伝えたいです、って願いなら手伝ってやることもできんじゃねーの？ 両想いになりたいとかだと、こっちの介入だけじゃどうしようもねーけど」

「……簡単に言うな」

レンの手からメモを取って、ユウは顔をしかめる。

「なに、もしかして知り合い？」

「知り合いというか……まぁ、よく話はする高校生だ。ふたりとも」

「へー、渡が行く前に、ってことは三年生か」

「あぁ。渡、というのが彼女の幼なじみでな。俺が田野畑にいた頃から、毎日二人で一緒に通学しているのを見ていた」

「二人で？」

「二人で」

「……付き合ってるんじゃねぇの、それ」

「正直、俺もそう思っていた。だが、こんなことをわざわざ書くくらいだ。違うんだろう」

「なるほど……それはまぁ、たしかに簡単な話じゃないかもなぁ」

それだけ側にいて、けれど伝えたことのない想い。

きっと、少し背中を押したり告白の雰囲気を作ったなら言える、というような想いなら、きっとすでに告げているだろう。

「……とりあえず、この話は保留だ。悪かったな、会議を始めよう」

今日、こうしてレンとジュンが宮古まで来たのは、イベント準備の会議のためだ。

いつまでも一枚の依頼の話ばかりしているわけにはいかないのはわかるのだけど、なんとなく釈然としない思いでレンはユウのまとめた書類をめくる。

（気持ちを伝えたい、か）

「……あ」

「どうした、レン」

ふと思い立って、その瞬間に思わず声が漏れていた。

「や……気持ち伝えるきっかけ、作れるかもしれないと思って」

「は？」

「イベントだよ、イベント！　今回のイベント、久しぶりに南と北を繋ごう、っていうコンセプトじゃん。それをこう、なんかうまいこと利用すんの！」

「うまいことって、どうやって」

「それはこれから考える！」

「……あのなぁ」

「いいだろ、ガチガチに計画を固めるのも大事だけど、勢いで行っちゃうこともたまには大事なんだって！」

レンの言葉に、ユウはしばらく黙りこんで顔をしかめていたけれど……やがて、小さく息をついた。

「勢い、か」

「おう！」

「安易なことは言えないが……そうだな、彼女にこのメッセージを見たことは話してみようと思う」

「そうだな、一方的に知られているっていうのもいい気分しないだろうし」

「その上で……彼女がさらに協力を求めて来たら、その時考えることにしよう。出来るとか出来ないとか、方法論はまた別の話として……」

俺も、鉄道ダンシだからな。

そう言って笑うユウの表情はどこか優しくて、レンとジュンは顔を見合わせて笑った。

今回のイベントは、北リアス線と南リアス線、現在行き来が難しくなっている二つの沿線をつなげよう、というのがそのコンセプトだ。
宮古―釜石間を結んでいたＪＲ山田線が、震災以降その区間は不通となっており、復旧工事が行われている。

現在はその二区間を結んでいるのはバスで、各駅から出発し、道の駅やまだで乗り継ぐことになる。

接続時間はもちろん考慮されているが、少々不便なのは否めない。

そこで復旧の最中である山田線の工事の完成を願ってのイベントを興そう、というのが今回の企画だ。

「へぇ……早く三陸鉄道でつながってほしいですね、釜石と宮古」

ひと通りの資料を読み、説明を聞き終わったところで、ジュンはなんだか感慨深い気持ちで頷いた。

ほんの少しの期間訪れたことのある程度のジュンですらそうなのだから、レンとユウにとってはひとしおの想いだろう。

「何かイベントを、という話は去年の夏前からあったんだが、なにせ本決まりしたのが年明けでな」

「だから結構バタバタなんだよ。準備期間もあまりないから、まじでガンガン働いてもらうことになると思う。悪いな」

申し訳なさそうに言う二人に、ジュンはとんでもないと首を振った。

そうやってまた一歩、前に進もうとしている三陸鉄道の出来事に自分が関われることも嬉しいし、彼らとなら楽しく仕事ができるとも思う。

「具体的にはどんなことをするんですか？」

「イベント期間中は、直通バスを宮古—釜石間で走らせる予定だ」

「乗り換えの手間を省いて、ついでに本数も多めにな。北リアス線も南リアス線も変則ダイヤになるし、北と南のそれぞれでイベント列車も走らせる……と、ざっとこんなところだな、今のところ」

「それぞれの協力店への発注はもう済んでいる。それから釜石と宮古、各駅前には磯焼きの屋台や虎舞《とらまい》のパフォーマンスなんかも検討しているんだが……」

「あっ、それそれ！　虎舞と磯焼き、俺の地元仲間がなんとか段取りつけてくれそうだぜ」

「本当か？　助かる……」

ぽんぽんと進んでいく会議に、ジュンはほとんど入れず、ついていくので精一杯だった。

（準備期間はないって言ってたのに、すごい……）

聞けば企画列車の弁当を担当してくれる店も、これまでレンやユウがいろいろと手助けしてきた店が多いという。

今日の弁当を作ってくれた京やもそのひとつだということだ。

磯焼きはレンの実家や地元の漁師仲間たちが中心になって、虎舞は釜石の高校生団体に依頼して……。

「すごいですね、人脈というか……年明けから始まった企画とは思えないです」

「まぁ、仕事上いろいろ顔は効くよな。俺は地元の奴らばっかりだけど、ユウなんていろんな商売の人たちにアドバイスしてたから、今回名産品の物販コーナーも出してくれるところが、かなり見つかったし」


地域と鉄道を、つなぐ仕事。

なるほどそのとおりだと二人の姿を見ていて改めて実感した。

（さすが、あのポスターに名前が出てるだけのことはあるなぁ）

「あとは締めだよなー。どかーんと花火でもあげたいところだけど……」

「花火をやるなら場所が問題になってくるな……」

「あと時間とな。うーん……」

イベントが予定されているのは、二月の最後の土日だ。

あと三週間と少しといったところ。

「今から花火って難しそうですね……」

「そうなんだよなー……」

どうやらひと通りのイベントの流れは決まっているものの、その最後の最後、フィナーレとなるものが固まりきっていないらしい。

「そのまま時間でーす、終わりでーすじゃ味気ないしな……」

「そうですね……」

「花火の場所で問題となってくるのは、単純なスペース以上に立地があるな。南か北、どちらかに偏った場所にしてしまうとそれはそれで不満も出るだろう」

「う――ん……」

どうやらレンは、それでも花火にこだわりたいらしい。

確かにフィナーレを飾るためには、最も華やかでラストにふさわしい出し物だろう。

「花火……手持ち花火？」

「手持ち花火？」

「あっ、いえ……手持ち花火なら場所も選ばないし、みんなで楽しめるのになと思って……でも地味ですよね」

ジュンは思わず呟いただけの言葉をレンに拾われて、慌てて言い訳じみた言葉を重ねる。

けれどジュンのそんな反応とは裏腹に、レンとユウはパチクリと目を丸くしていた。

「……なるほど、その発想はなかったな」

「それ、いいんじゃね！　楽しいよな、みんなで手持ち花火！」

「そうだな……いいかもしれない。見るだけじゃないから、より参加している実感も湧くだろうし……」

「よし、それ採用！　ついでにジュンはフィナーレ係に任命！」

「えぇっ⁉　無茶ですよ、僕こっちのことほとんどわかんないし……」

「そこはちゃんとサポートするって、当たり前だろ！」

バシン、と強い力で背中を叩かれて、思わず息が詰まった。

「よーし、盛り上げようぜ！」

けれど張り切ったレンの声の前では、まぁいいか、と思ってしまう。

ヒリヒリ痛む背中を抑えるジュンに、ユウが申し訳なさそうにぽん、とその肩に手をおいた。

「悪いな、レンはお祭り男なんだ。根っからの」

「わかります、何となく。でも僕なら大丈夫ですよ、むしろ楽しみです」

「実は、俺もだ」

こそっと、内緒話でもするかのように言ってユウがいたずらに笑う。

「俺とは全然違うタイプだからな。あいつと仕事をしていると、楽しいよ」

そう言いながら盛り上がっているレンの方を眺めるユウの瞳には優しい色が映っていて、あぁ、いいコンビなのだな……と、そう思った。

◇

イベントの準備を進めながらの通常業務は、なかなかに慌ただしい。

磯焼きの手配や虎舞の打ち合わせと言った駅の外で行われる企画についてはほとんどレンに一

任しているので、ユウが担当するのは当日のダイヤの確認や物販の手続きといった事務作業が主となる。

そのため最近は、宮古駅の事務所にこもって仕事をすることが多くなっていた。

そんなある日のことだ。宮古駅の駅舎で、珍しく一人でいる慈を見つけたのは。

「慈さん？」

思わず声をかけると、はっとしたように顔をあげてそれからすぐにいつものような笑顔を浮かべる。

「ユウさんだー。今日いたんだね、気づかなかった」

「ずっと事務所にいましたからねその……慈さんは……今日はお一人ですか？」

渡くんは、とは、敢えて聞かなかった。

この間のメモを知っているせいかもしれない。

もしも彼女が本当に一人なら、今こそがあのメモのことを聞く一番のチャンスでもあるのだろうとも思ったが、慣れないことにすぐそこまで頭が回るほどユウは器用ではなかった。

「渡はねー、今日は東京なの」

「東京？」

「そう。四月から住む場所を探したり、あと、なんかいろいろあるみたい……」

「渡くんは、四月から東京でしたか」

「うん、そう。大丈夫なのかなー。あんな田舎者丸出しで都会になんか出ちゃって。さっきもね、東京の列車ってなんでこんないっぱいあんだよーっ、なんて電話かかってきたんだよ。ちゃんと辿りつけてるのかなー」

けれど、ふふっと小さく笑いながら話す彼女の表情は、まったく笑っていなかった。

列車が来るまでは、あと三十分以上ある。

中途半端な時間を、普通の学生は近場で潰すのに彼女と渡だけは、いつもここで二人だけで過ごしていた。

だからだろうか、一人でいる彼女が、やけに寂しそうに見える。

「……慈さん、よろしければお茶でも飲みませんか?」

「えっ、ユウさんがご馳走してくれるの?」

「はい、弥一さんが持ってきてくれた、どら焼きもあるんですよ」

「わーい、じゃあいただく！　私こういうの遠慮しないから」

「ええ、じゃあ2階へどうぞ」

ユウは事務所の向かいにある会議室の中に彼女を案内する。

ここは、社内会議や密な打ち合わせをしたいお客様を通すスペースだが、地域の方々の相談を受けるときにもユウは使っている。

茶葉を入れた急須にポットからお湯を入れたところで、ふと手が止まる。

若い女性に出すには、ほうじ茶とどら焼き、というのはあまりに渋すぎただろうか。

「コーヒーとか紅茶のほうがよかったでしょうか……」

恐縮しながらお茶とどら焼きをセットで持っていくと、彼女はきょとんとした顔をすぐに崩して笑った。

「えー、なんで？　どら焼きには日本茶でしょ！　私ほうじ茶大好きだよ」

「それならよかったです」

「ふふ、でもちょっと意外。ユウさんこそ、ほうじ茶よりコーヒーとか飲んでいそうなのに」

「そうですか？」

「うん。コーヒーはブラックって感じ」

「期待を壊してしまうようで申し訳ありませんが、コーヒーはカフェオレ派なんですよ。猫舌なので、ミルクで冷ますくらいでちょうどよくて」

「そうなの？　ますます意外！　ギャップ萌えってやつだー」

「ギャップ……もえ……？」

明るく笑い声を上げる彼女は、いつも通りといえばいつも通りにも見える。

けれど、やっぱりどこか、元気はないように思えた。

（さて、どうしたものかな……）

こういう時、レンならもっとうまく話を切り出すのだろうか。

つくづく彼の対人スキルは一種の才能だな、と思いながら、それでもユウはユウにしかなれない。

ここは飾らず正面からいこうと、あの日以来机にしまっていたノートを取り出すと彼女の前に出した。

「慈さん、これを」

「え、なに、ノート？　はっ！　もしかしてユウさんと交換日記……とか……」

ふざけたような声をあげた慈は、けれどすぐ、そのノートの正体に気づいたらしかった。

バッと勢いよくそのノートを握りしめたかと思うと、かぁぁっと一気に顔を赤くする。

「なっ、なんで⁉　なんでユウさんがこれ持ってるの？」

「落ち着いてください、慈さん」

「え、もしかして書いてあったことも知ってるの？　嘘……やだ恥ずかしい……」

「すみません、えっと、とりあえず説明をさせていただけますか」

すっかりパニックになって顔色を赤くしたり青くしたりしている彼女が不憫になって、とりあえずもう一つどら焼きを奨める。

ビリビリと個包装の袋を落ち着きなく破った彼女は、それを一気に食べてお茶を流し込んで、ようやく一息ついたように顔をあげた。

「あの……」

「まず、このノートですが……どの駅に置かれているものも、私が定期的に回収して目を通し、できるだけコメントなども返すようにしています。貴重なお客様の声なので」

「……あのやけに綺麗な字、ユウさんだったの？　てっきり女の人かと……」

「すみません、私なんです……で、ええと、つまりですね」

「わかりました、お仕事で読んだんですよね？」

「そういうことになります……盗み見のようになってしまって、すみません」

頭の悪い子ではないのだろう。

それだけの説明で、ふるふると赤い顔が何度も揺れた。

「す、すみません私……あのノートに願いを書くと叶うって、学校の子が話してたの聞いて、それで」

「いえ……そもそもそう言った勘違いを……いや、勘違いでもないのかな、とにかくそういう噂が広まることになった理由もちゃんとありまして、慈さんが悪いわけではないので謝ることはありません」

「もうやだ……すっごい恥ずかしい……」

耳まで真っ赤にした彼女は、なかなか顔を上げようとしない。

やっぱりこういうことはうまく出来ない、と自分に嫌気がさしながら、それでもユウは言葉を続けた。

「その、ですね……私の仕事には、住民の方のサポートというものも挙げられていまして……」

「……？」

「つまり……えぇと、差し出がましいとは思うのですが、もしも慈さんさえよろしければ、その願いを我々への依頼として考えまして、協力をお引き受けすることも……」

この場にレンがいたら、固い！　と鋭くツッコミが入ったことだろう。

けれどこれが、ユウの精一杯だった。

「きょうりょく……」

「あっ、いえ、もちろん慈さんの気持ちをないがしろにするつもりはありませんので、あくまで提案という形で……」

「協力……してくれるんですか？」

ユウは、そこでようやく顔を上げた慈の表情に、期待の気持ちが含まれていることに気づいた。

「してほしいです、協力。依頼します。お願いします！」

「慈さん……？」

「あいつ、四月にはもういなくなっちゃうんです。バカみたい……。私ずっと近くにいたのに、ずっと好きだったのに一回も言えなくて、幼なじみのままでいいや、そしたらずっと一緒にいられるし、なんて思っていて……」

子供の頃からずっと一緒で、小学校も、中学校も、高校もずっと一緒で。

三年生になって、進路の話をして、ようやく道が別れることを実感した。

当たり前のことを、全然気づけなかった。

「ずっと、一緒だったから……」

「……」

「今さら友達にも言えないんです。もう付き合っているみたいなものじゃん、って言われちゃって……。なんか逆に、全部もう遅いって言われてるような気がしちゃって……自分じゃ、どうしようも出来なくて」

神頼みのような気持ちだった、と慈は言った。

願いが叶うなんて本当に信じていたわけじゃないけれど、少しでも自分が進めるきっかけになるんじゃないかと思って、あのノートにメッセージを書いたのだと。

「もし、今までの関係が全部壊れちゃっても……言えないまま離れたら、きっと後悔する……だから、お願いします」

もう一度頭を下げる慈に、ユウは一度深呼吸をしてからその肩を支えるように手を当てた。

「お任せください、慈さん」

「ユウさん……」

「あなたの依頼を、引き受けさせていただきます」

とはいえ、どうしたものだろうか。

◇

その日の夜、京やを訪れたユウは方向性の見えない依頼にカウンターで頭を抱えていた。

今すぐにレンの助けを仰ぎたい気もするが、それはそれで癪《しゃく》だ。

「どうしたのユウさん、今日は随分難しい顔しちゃって」

店主である京子は、夜の仕込みが終わるとよほど忙しくない限り休んでしまうので、夜営業のカウンターの中はみや子が今日も一人で回していた。

「いや、それが……」

女性の立場なら、もう少し気の利いたアドバイスも出来るのだろうか。

そう思ってみや子に話してしまおうかとも思ったけれど、引き受けた以上……いや、そうじゃなくても慈のプライベートな気持ちをべらべら話すわけにもいかない。

そう思って口を閉ざしたところで、そういえば、とみや子が切り出した。

「慈ちゃん、告白するらしいですね」

「!?」

いともたやすく落とされた爆弾に、思わずがばりと顔を上げる。

そんなユウの動きに、みや子も驚いたように目を丸くしていた。

「ユウさん?」

「あ……いえ、どうしてそれを……?」

「どうしてって、慈ちゃんに聞いたから。ユウさんが協力してくれることになりましたってさっき」

「さっき?」

「だって私と慈ちゃん、メル友ですから。よくメッセージのやりとりしてるんですよ」

ん? メル友って言い方今は古いですかね、と呑気に呟くみや子に脱力する。

なるほど、本人から話が伝わっている可能性は考えていなかった。

「もしかしてユウさんが今日難しい顔してるのって、それが原因だったりします?」

「もしかしなくてもそうです……こういうことは苦手で……」

「ははっ、そんな感じします。レンくんとかはうまくやりそうですよね」

「そもそも、彼がうまくやってきた結果が今の多角的な活動に繋がっていますからね……」

多角的、といえば聞こえはいいが、言い方を変えれば鉄道に勤務する者としての業務の範囲から は大きく外れる。

それを考えるとやはり協力を仰いでもいいんじゃないだろうか。

いや、むしろ協力しろ、というのがユウの本音だった。

半ば八つ当たりじみた想いを流しこむようにお猪口に入っていた日本酒を煽《あお》ると、傍らに置かれた徳利をみや子が取って、そそっとまた注いだ。

「なんとか、応援してあげたいんですが……こればかりは、どうやればいいかわからなくて」

「そうですねぇ……むしろあの二人、付き合ってないってことにびっくりしちゃいますもんねぇ。私も最初に慈ちゃんに聞いたときは、思わず嘘でしょ？　って言っちゃいました」

「ええ。……しかし、だから逆に伝えづらいんだと彼女も言っていました」

「あぁ、わかります」

しみじみと頷く彼女は、いつもとは違う、儚《はかな》い表情をしていた。

「私ね、あの子たちを見てるのすごく好きなんです。あの二人が一緒にいると、なんだかほっとするというか癒やされるというか……」

「仲がいいですからね。いつも一緒で、楽しそうで」

「何でしょうね……すごく、綺麗なものに見えるんですよね」

ふっと穏やかに笑う彼女に、ユウは一緒にどうですか、とそっと徳利を向ける。

店内に客がいないこともあって、彼女は笑って空の小さなお猪口を一つ、ユウに向かって差し出した。

「高校生って、いいですよね」

「なんだかこの間もこんな話をしましたね」

「あぁ、たしかに。……でも、そうですね。あの頃だって結構打算とか、ずるいこととか、そういうものだってあったはずなのに……今思い返すと、なんだかすごく素敵なものに感じてしまうんですよね。思い出の全部に、淡く光がさしているような」

「……何となく、わかります」

「それで、無性に戻りたくなったり……人間て勝手ですね。未来を夢見られなくなると過去を羨み始めるんだから」

「夢……見れないんですか？」

「さぁ、どうでしょうね」

含みのある笑いを浮かべて、彼女は波打つ日本酒にちびりと口をつけた。

「少なくともこの年になると、負けるかもしれない勝負に挑もう……なんて気分にはなれなくなっちゃいますねー」

だから、慈ちゃんには頑張ってほしいです。そんな言葉で、彼女は締めた。

「大人の、勝手なエゴかもしれないですけどね」

「そうですね……」

四月になれば、彼は東京の専門学校へ。そして彼女は宮城の大学へ進むことが決まっているのだという。

自然に一緒にいられる時間は、本当にあとわずかだった。

だからこそ渡と慈は、些細な時間でさえも一緒に過ごしていたのかもしれない。

「何か……いいきっかけがあればいいんですけどね」

「あら、あるじゃないですか、きっかけ」

「え？」

「イベント、やるんでしょう？　お祭りの空気なんて一番気持ちを伝えやすいと思いますけど」

「あ……」

そのことがすっかりユウの頭から抜けていた。そういえばレンも、イベントを利用してどうのこうの、と言っていたではないか。

ハッとして言葉を飲むユウに、みや子がくすくすと笑う。

「ユウさんって、大概のことはそつなくこなすのにそうやって時々抜けてますよね。そういうところ、いいと思いますよ、私」

「あまり褒められている気はしませんね……」

何よりそれなら、レンの協力を仰ぐこともできる。

ようやく少し方向性が見えたことで光が差し込んだような気にもなって、その日はみや子に勧められるままに、いつもよりも酒が進んだ。

◇

イベントの中に、何か恋愛にまつわる企画を盛り込めないだろうか……。

それを提案したのがよりにもよってユウだったので、ジュンもレンも一瞬、手が止まった。

「……どういう風の吹き回し？」

「この間のメモがあっただろう。……あれを書いた子と、話をした」

「あっ、ちゃんと話せたんですね」

正直、ジュンも少し気になってはいたのだ。

あのメモはなんだかやけに、切実な想いを持って書かれていたような気がしたから。

「四月から、二人は別々の道を進むことになる。彼は東京、彼女は宮城にな。そこで今まで伝えられなかった想いをきちんと伝えてから新しい生活へ向かって行きたい、というのが彼女の願いだ……ただ、あまりに距離が近すぎてどうも言うタイミングというものがないらしくてな」

「なるほど、それでイベントにそれっぽい企画を盛り込んで、うまいこと伝える手助けをしようってわけか」

「あぁ。お祭りのムードの中なら切り出しやすいんじゃないか、と。これはみや子さんの意見だ」

「ふはっ、そんなこったろうと思った！　でもそうだなー、恋愛関係って若い人にはとっつきやすいよな、やっぱ」

「そうですね。幅広い世代の人に興味を持ってもらうにはちょうどいいと思います」

恋し浜と恋ヶ窪。

奇しくも、恋を苗字に持つ二人が揃っているのもなんとなく縁起がいい。

……ような気がする。

「あ、じゃあ出張ホタテ絵馬でもやる？」

なんだそれは、と怪訝そうな表情をするジュンに、レンはスマホを操作して一枚の写真を見せた。

それを見たジュンも、あぁ、これか、と納得した。

「恋し浜のホタテ絵馬ですね！」

「駅にホタテの殻とペン置いてあって、願い事を書いて駅にかけてもらってるんだ。恋し浜ホタテの磯焼きもあるし、殻とピンクのペンでも用意しておいて、ついでに磯焼きはカップル割引をきかせる！」

「定番的ではあるが、いいかもしれないな」

「カップル割引の条件は男女組じゃなくても二人組ならオッケーってことにして、代わりに合言葉導入するんだよ」

「合言葉って、たとえば？」

ジュンの質問に、レンがにぃっと笑う。

「愛の磯辺　恋し浜！」

「ぷっ……なんですか、それ？」

「コラコラ笑うな。これ、車内アナウンスでも流れてるんだからなー。次はー愛の磯辺、恋し浜ーって」

「そんなアナウンス、流れていましたっけ？」

三陸に来てから数日、南リアス線にも何度か乗っているはずのジュンなのに、まったく気づかなかった。

そういえば列車に乗っているときは資料を読んだり仕事に必死で、きちんとアナウンスまで意識がいっていなかったかもしれない。

（今度はちゃんと聞いてみよう）

「あとはー、フィナーレ参加者に配る花火の中にピンクがあるから、こっそりそれを渡してやれよ。ちょっとしたおみくじ感覚でピンクなら恋愛運アップ、黄色は金運アップ、みたいなの決めておくから」

「……次から次へと、よく思いつくな」

「おっ、もっと褒めてくれていいぜ？」

頼もしい笑顔を浮かべて胸を張るレンに、ユウの表情も自然とほころぶ。

「結局、俺たちがしてやれるのはお膳立てだけだからな。後は、本人がどこまで頑張れるかだ」

「……そうだな」

「代わりにお膳立てはできるだけしてやる。ちゃんと応援してるやつがいるんだって、それだけでも勇気振り絞るきっかけのひとつになるんじゃねーかな」

「そうですね……うまく言えるといいですね、彼女」

「……あぁ」

ジュンもレンも、彼女の顔すら知らない。

それでも長い時間をかけて育ててきた恋心を、ようやく相手に渡そうとしている彼女を応援したい気持ちはユウと一緒だった。

願わくは、彼女に幸せな結末が訪れますように。

◇

それからの約二週間は、怒涛の毎日だった。

最初にガンガン働かせる、と言ったレンやユウの言葉には当たり前のように嘘はなく、ジュンもそれはもう毎日駆けまわった。

花火の手配、当日の流れの確認、イベントの告知。

各団体との仲介や細かい調整はレンとユウが請け負っていて、あの二人は二人で一体何人分働いているんだろうとジュンも驚くほどの働きぶりだった。

その間に、ユウはユウで例の彼女——慈へのサポートも怠らず進めていたというのだからびっくりする。

慈は無事に渡を誘うことに成功し、日曜日、つまりフィナーレイベントが行われる日にイベントに遊びに来ることになったらしい。

まだ日にちはあるというのにすでに緊張していた、とユウが教えてくれた。

そうして、いよいよイベント前日。

「おーい、レン！　これここでいいのか？」

「あっ、おう、平気！　わりーな、自分のとこじゃないとこまで設営手伝わせて」

釜石の駅前はレンと、設営を請け負った大船渡や釜石の人間が集まっていた。

中にはレンの幼なじみの喜平の姿もある。

彼が担当する恋し浜の磯焼きブースには、鮮やかなカラーの大漁旗が飾られていた。

「悪いなジュン、任せっきりで……」

「いえ、それよりユウさんの方は大丈夫でしょうか？」

「あぁ、そうだった。そろそろ移動しねぇとな……」

釜石と宮古、二箇所の駅前に屋台やパフォーマンスのブースを作らなくてはならないため、ジュンは必然的に両方を移動しながらサポートに入っていた。

三週間も過ごしていれば、両方を行き来するための運転にも慣れたものだ。

さすがに今日は前日ということと、運ぶものもいろいろとあるのでレンと共に移動することになっているが。

「よし、じゃあこっち平気そうだし俺そろそろ宮古の方行くわ」

「おう、了解。なんかあったら連絡する」

「あぁ、頼んだ。じゃ、行くぞジュン」

出張恋ホタテ、と最終的に命名されたホタテ札用の殻をミニバンに積み込んで出発する。

屋台やパフォーマンスの団体はほとんどがレンの担当なので、設営は釜石と宮古、どちらもレンが立ち会うことになっている。

一方のユウは今頃、バスや列車の特別ダイヤの最終見直しや各駅の物販チェックにやはり慌ただしくしていることだろう。

とはいえこの、お祭りが始まる前のドタバタやわくわく感は、なんとも言えないものがある。

「あれだな、やっぱり楽しいよな、こういう祭りの準備って」

同じことを思っていたのだろう。

車を走らせながら言うレンに、ジュンも大きく頷いた。

◇

小さな頃から、慈と渡は二人で一人だった。

家も近所で、近くに同い年の子供はお互いだけ。

小学校も中学校も高校も、ずっと一緒だった。

慈の家も渡の家もどちらも両親が働いているから、二人が二人で過ごす時間は昔から随分と長かった。

ほとんど家族みたいな存在だったのだと思う。

小学生の終わりには、親に代わって渡が料理を作ってくれることがよくあった。

学校が早く終わった日の昼なんかは大概渡のごはんで、慈はそれが、すごく楽しみだった。

仲良すぎない、と言われたことは、きっとお互い一度や二度じゃない。

ちょっとおかしいよと直接的な言葉を向けられたこともある。

それでも、慈はおかしいと思わなかったし渡もそうだった。

だから二人はずっと一緒で、それは、ずっとそういうものだと思っていて——

「おぉー、すげぇな、めっちゃ賑《にぎわ》ってるじゃん！」

降り立った宮古駅で、目の前に広がる風景に渡が楽しそうな声を上げる。

隣に並んでいるのに、いつの間にかずいぶん背が伸びてしまった渡と視線を合わせるには少し顔を上げなくちゃいけない。

そんな風に少しずつ距離が開いていたことに、気づけていなかったのは慈だけだったんだろうか。

『俺、東京行くよ』


あの日そう言った渡の瞳は、何の迷いもなく真っ直ぐで――いっぺんに慈を、突き落とした。

どこにかはわからない、けれど慈は、落とされたと思った。

東京に行って、料理の勉強をする。

そういう渡に、料理の勉強ならこっちでもできるじゃないと渡の両親は言ったという。

けれど渡は、譲らなかった。

行きたい学校が東京にあるんだ。

そう言って、行かせてくださいと親に頭を下げたのだと。

――いつの間に、そんなに大人になっちゃってたの？

その話を聞いたとき、慈はまた、落とされた、と思った。

今度は深い深い、暗闇に。

隣にいる渡の姿が全然見えない、暗闇に。

ずっと近くにいると思っていた、それなのに、慈の知らない間に、知らない場所で、世界は動いていた。

渡は、気づいていたんだろうか。

知っていたんだろうか。

二人の世界が、変わっていること。

変わっていたこと。


「慈さん、渡くん」

このイベントに誘ってくれたユウが、二人の姿を見つけて忙しそうな中をこちらへ向かってくる。

宮古の駅前は屋台や簡易的な舞台が作られて、賑やかなお祭風景が広がっていた。

聞こえてくる虎舞の囃しや漂ってくる磯焼きの香りに、自然とテンションも上がった。

それと同時に、慈の心はそれどころじゃなく乱れてもいたのだけど。

「ユウ兄！　すげーな、これ、ユウ兄が企画したイベントなんだろ？」

「私だけじゃないですよ。同僚と、それから東京からの助っ人もいましたから。二人はいま来たところなんですか？」

「おう。これからちょっと回ってみようかなって。な！」

「あっ、うん……」

「……せっかくですから、南の方にも行ってみては？　おふたりとも四月になったら、なかなか行く機会もなくなるでしょう」

「たしかになー。今日ならバスで一本だし、行ってみる？　慈」

「えっ、あ、い、行く！」

「……なんかお前、朝からおかしくないか？」

どもった慈を、渡が不思議そうに見る。

そんなことないよと笑っては見たけれど、自分でもわかるくらいヘタクソな笑顔じゃきっと渡を誤魔化すことはできなかっただろう。

今日だけ頑張れ、と自分をふるい立たせるように言い聞かせた。

「あ、でもその前に俺ちょっと腹減った……みや子姉のとこの弁当は夜にとっておくとして、なんか軽く食いたいな」

「それじゃあ、ホタテがおすすめですよ。恋し浜ホタテ、意外とこのあたりに住んでいると食べないでしょう？」

「ホタテ！　いいな、慈も好きだよな、ホタテ」

「うん、好き」

好き。

その一言を口にするだけで、妙に緊張してしまう。

……ホタテのことなのに。

「ちなみに恋し浜ホタテはカップル割引があります」

にっと悪戯に笑いながら言うユウに、かぁっと顔を赤くしたのは慈だけだった。

渡はきょとんとした表情で、ひらひらと手を振りながら笑っている。

「何言ってんのユウ兄、俺と慈はそんなんじゃないって知ってるだろ」

「大丈夫ですよ、カップル割引といっても二人組の方はみんな対象ですから。合言葉を言ってもらえれば、それで通ります」

「合言葉って？」

「〝愛の磯辺　恋し浜〟　あ、もちろん二人で声を合わせてくださいね」

それでは、楽しんでいってくださいと微笑んで……それから慈の方をみて、優しい表情を向けて、ユウは慌ただしそうに仕事へ戻っていった。

気にかけて、わざわざ声をかけてくれたのだろう。

「……なんか、めちゃめちゃ恥ずかしいな？　俺と慈が声合わせて愛とか恋とか……」

「愛の磯辺恋し浜、でしょ」

「なんでお前そんなサラッと言えるの……」

「合言葉だもん。ほら、行こう」


応援してくれている。

見守ってくれている。

だから、頑張ろうと思えた。

大丈夫。わたしは今日、この人に好きって伝える。

◇

「レンくん」

やわらかな声に思わず顔を上げたレンは、そこに立っていた綾子の姿にぱちりと思わずまたたきをした。

「えっ、綾子さん……」

「へへ、久しぶり」

数ヶ月前、東京へと旅立っていった綾子がそこにいる。

びっくりして、思わずホタテを焼く手も止まってしまう。

レンさん？　と、隣にいたジュンが不思議そうに名前を呼んでいたけれどその声は生憎《あいにく》と耳に入ってこなかった。

「び……っくりしたぁ……急に来るんすもん。東京じゃなかったんですか？」

「うん、そうなんだけどね。試験も終わったし、一回帰省しておこうかなって思って。ネットでこのイベントのことを知ったの、もしかしてと思ったら本当にレンくんがいるから私もびっくりしちゃった」

「あー、これ一応、ユウと俺、つまり鉄道ダンシをメインにしたコンビ企画なんですよ。まぁ準備とかやることやっちゃったら、当日は俺あんまやることなくて、ホタテ焼かされてるんすけどね！」

「焼かされてるとはなんだよ、レン！　お前が焼かせてくれ～って頼んできたんだろ？」

がしっと後ろから手を回されて、喜平の体重が思いきりかけられる。

いてぇよ、という声は重みのせいで間抜けな声に変わった。

「あっ、綾子さん！　いつぞやは大漁旗、本当にありがとうございました。どうっすか、カッコいいでしょ？」

そう言って喜平は、ブースに飾った大漁旗を指差した。

目を細めながら、綾子が嬉しそうにそれを眺める。

……よかった。

この旗はたしかに、綾子の標《しるし》になったのだ。

「私も、もらっていい？　ホタテひとつ」

「了解っすー！　レン、ついでにお前も休憩入ってきたらどうだ？　カップル割、きかせてやるぜ」

「はぁ!?　や、つーか金とるのかよ！」

「ったりまえだろ、これも商売だ」

「カップル割？　そんなものがあるの？」

「そうなんすよー。レンのアイディアなんすけど、二人組ならもれなく対象なんで、よかったらぜひ！　合言葉で百円引きです！」

「合言葉って？」

尋ねられて、レンはうっと言葉に詰まった。

あれだけ平然と提案したのに、いざ自分が言う立場になるとなかなかハードルが高い。

「えーっと、ですね……」

「愛の磯辺　恋し浜　ですよ」

隣から割って入ってきたのは、ジュンの声だった。

おい、と思いながらそちらを見れば、らしくもなく意地の悪い笑顔と目が合う。

「ほらほらレンさん、合言葉をどうぞ！」

「どうぞ！」

テントを追い出されて、さらにジュンと喜平、二人がかりで追い立てられて、レンはがしがしと頭をかきむしった。

あぁ、くそ……。

「せーの、でいい？」

「……うっす」

綾子もやけに楽しそうにしているし、こうなったらヤケだ。

せーの、と綾子の声に合わせて、その合言葉を言う。

『愛の磯辺　恋し浜！』

言い終わると同時に、レンの隣からぷっと吹き出す声が聞こえた。

「……やっぱり、何度聞いても笑っちゃうね」

「……そうですね」

それでも、彼女のそんな笑顔をこうやって見られることが出来るのが嬉しい、なんて。

……後ろでニヤニヤしている喜平とジュンには、絶対にバレたくない感情だった。

「私ね、無事受かったの、編入試験」

「お、おめでとうございます！」

「うん、ありがとう。だから四月からは女子大生。……ちょっと年いってるけどね」

「そんなことないですよ。それに大学なんて、何歳から行ってもいいって言うじゃないですか？」

「そうだよね。まだまだ、これからだよね」

あっ、なんて言いながら、隣に並んでホタテを食べている。不思議な感覚とそれでも妙な心地のよさに、レンは笑った。

この人の、背中を押せてよかった。

前に進むこの人を、素直に応援できる自分でよかった。

それはレンが、鉄道ダンシとして過ごしてきた中でのささやかな、けれど一番の誇りだ。

夕方をすぎると、また人の流れが変わってくる。

フィナーレ用の花火を引き渡すテントの中で仕事を進めていると、ふっとユウの視界がかげった。

「私も花火、もらえますか？」

さっきまで、京やの屋台で忙しそうに働いていたみや子が、そこに立っている。

「みや子さん。お弁当の方はどうですか？」

「ありがたいことに、完売御礼です。せっかくだからフィナーレはお客さんとして楽しもうかなと思って」

「ええ、ぜひ。どうぞ」

「ありがとうございます。慈ちゃん、どうですか？」

「さっき二人で花火を受け取りに来ましたよ。おそらく、まだ何も言ってはいないようでしたが……」

「そっか……うちにも来たんですよ、お弁当買っていきました」

くるくると、受け取った花火を弄《もてあそ》びながらみや子が教えてくれる。

フィナーレまでは、あと一時間。

慈が気持ちを伝えられるように、ユウたちが用意した時間もそこで終わる。

「……大丈夫ですよ」

一瞬考えこんだユウの思考を読んだかのように、みや子が呟いた。

「慈ちゃん、覚悟した顔してましたから。そういう時の女の子って、すごく強いので」

「……そうですね」

みや子の言うとおりかもしれない。

きっとそれは、ユウには届かない強さだ。

「ところで……よかったら花火、一緒にやりませんか？　一人でやるのも寂しいですし」

「すみません。ご一緒したいのですが、これを配り終わったら、今度は片付けの準備に入らなくちゃいけなくて」

「そっか、残念」

少しさみしそうに笑って、みや子はもう一つ、祖母の京子のぶんの花火も、と受け取った。

それを渡したところで、ちょうどダンボールが一つ空く。

「……そうだ、ユウさん。私が田野畑に行った時に言った言葉、覚えてます？」

「？」

「しばらくここにいることにしました、って」

「あぁ。えぇ、覚えていますよ、もちろん」

もう、一年以上前のことだ。

勢いで仕事をサボって、そのまま新幹線に乗って久慈から三陸鉄道に乗り換えて……その車内で、みや子はユウと初めて出会った。

そうして彼にすべてをぶつけて、前に進むことが出来たのだ。

「あの時の言葉、訂正します」

「え？」

「しばらくじゃなくて……ずっと、いることにしました」

そう言って、みや子は笑う。

あの田野畑駅で見せた時と同じような、清々しい笑顔で。

「お店、楽しいんですよね。ちゃんと調理師免許もとって、ゆくゆくはきちんと継ぎたいなと思っていて……」

「そうですか……いいと思いますよ。素敵な夢です」

「店主が私になっても、通ってくれます？」

「ええ、もちろん」

「よかった。とりあえず常連さん確保です」

ふふ、とやわらかな笑顔を浮かべると一度目を伏せて、みや子はそれじゃあ、と背を向けた。

「お仕事、がんばってくださいね」

「はい、ありがとうございます。みや子さんも、お疲れ様でした」

「はい」

二つの花火を持って、彼女は人混みの中へまぎれていく。

その後ろ姿を見送って、ユウは新しい花火の箱を開いた。

◇

「はー、うまかった！　みや子姉のとこの料理、やっぱうまいよなー」

「うん、おいしかった」

慈と渡は、このイベントの間も当たり前のように二人で時間を過ごしていた。

だんだんと、フィナーレの時間が近づいてくる。

お弁当を食べ終わってしまったらもう、イベントの終わりまでは三十分と残されていなかった。

あちこちで少しずつ、花火の鮮やかな光が見えてくる。

冬に花火、っていうのもなかなか雰囲気があるなと思いながら、慈はその光景を眺めていた。

「俺たちもやる？　花火」

「……うん」

花火と一緒に渡されたライターを使って、花火に火をつける。

シュウゥ……と音を立てて、二人分のピンクの火花が散った。

「あ、ピンクだ」

「ほんとだ。珍しいよな、ピンクって」

「うん……」

そういえば、火花の色がおみくじになっている、と、冗談ぽく言いながらユウはこの花火を渡してくれた。

ピンクは、たしか……。

「恋愛運だったっけ、ピンクの火花」

「うん、そう」

「どうせなら黄色がよかったなー。金運アップ！　引っ越しだなんだってどんどん金が飛んでくからなー。一応バイトもして貯めてたんだけどさ、全然残りそうもねーし……」

ピンク色の火花のせいで、渡の顔も少しピンク色に染まっていた。

伏せたその表情がやけに大人びて見えて、悲しくなる。

もうすぐ、見られなくなる。

会えなくなる。

そうして次に会った時には、もしかしたら慈の知らない表情を見せるのかもしれない。

それが、すごく寂しい。

「……私は、ピンクでよかった」

「え？」

「こ……告白……しようと思ってるから、ピンクでよかった！」

思い切って言ってはみたものの、顔は上げられなかった。

どうしよう、今すごく変な顔してる気がする。

それに渡、もしかして呆れてるかも知れない。

そう思うと、顔をあげるのが怖かった。

勢いのよかった火花が、だんだんと勢いを失くしていく。

どうしよう、どうしよう。思っているうちに、花火は終わりに近づいていく。

「えっと……慈？」

消える前に、そう思って勢いよく顔を上げた。

戸惑う渡の表情は慈の知っているもので、そのことに安心する。

「渡がすき……」

声は、震えた。

震えるに決まっている。

だって……こんなの、怖くて仕方ない。

「ずっと好きだった。ずっと好きで、ずっと一緒にいるって思ってたのに、渡はどんどん前に進んじゃって……東京行くことも一人で決めて、私のところからいなくなっちゃって……」

「おい、慈」

「本当は行かないでって言いたかったけど、渡が夢を叶えるために選んだ道だってこと知ってるから……。だから、行かないでなんて言わないから……私が渡のこと好きだって、そのことだけちゃんと言いたくて。でも怖くて言えなくて。あっという間に時間経っちゃって」

「慈、なぁ……慈」

音が遠くなる。

花火が終わって、ピンク色だった渡の顔はどこか真剣な眼差しで慈を見ていた。

「聞いて」

「……やだ」

「やだって、お前な……言い逃げかよ」

「だって、渡がそういう風に私のこと見てないの知ってるもん。妹とか、そういう存在だって、知ってるもん。だから、聞きたくない」

それでも言った。言わずにいられなかったから。

言ってしまったら、幼なじみの関係が壊れるとわかっていた。

答えなんて聞きたくない。

それはわがままだとわかっていたけれど、それくらいのわがままは叶えてほしい。

ずっと一緒にいる、そんな唯一の願いは叶わないのだから。

「……なんでそう思うの」

「なんでって……渡、いつも私のこと子供扱いするし」

「だってお前、子供だもん」

「未だにチーズハンバーグとオムライスでごまかせると思ってるし」

「ごまかされるじゃん。俺はそういうお前が可愛くて仕方ないっつの」

「ほら、そういう……」

また、子供扱い。

不満を露わにしながら顔を上げた慈の両頬を、渡の手がぎゅっと挟んだ。

指先から、わずかに火薬の匂いがする。

「ちゃんと聞け。俺はお前が可愛くて仕方ないよ、ずっと、子供の頃から」

「……ふぇ？」

「子供扱いじゃねぇよ、女の子扱いだっつーの。そこんとこ間違えんな。言いたくて言えなかったのはこっちも同じだバカ。つーかバカ。ほんとバカ」

「バ、バカバカ言わないでよ……」

「だってバカじゃねーか。なんで一人で決めて突っ走るんだよ、お前は。お前だって宮城行くことぎりぎりまで言わなかっただろ」

「だってそれは……渡、東京行くこと決まって忙しそうだったし……」

「こっちは帰ってくりゃお前に会えると思ってたのに宮城ってなんだよそれ。びっくりしたわ。

落ち込んだわ」

「し、知らないもん。自分は出て行くくせに、勝手……」

「でもな……」

渡は続ける。

「お前、俺がなんで東京に行くのか知ってんの？」

「料理学校、行くためでしょ」

「じゃあ、なんで料理学校行くことにしたかは？」

「え……料理人になるため？」

「じゃあ……俺が料理人になろうと思ったきっかけは？」

「し……」

知らない。

そんなのは知らない。

東京に行くことが悲しくて、そういえば渡の夢の話をちゃんと聞いたことがなかった。

未来の話をするのが怖くて、避けていた。

「昔っから、俺が作る料理うまそうに食ってる女の子がいたの。口の周りソースで汚して、でもすっげぇ嬉しそうに」

「…………」

「そういうの、ずっと見てたいなって思った。……オーケー?」

「お、オーケー……」

なんだろう、これは。

混乱しながら、慈は自分の頬を挟んだままの渡の手に手を添える。

ひんやりと冷たくて、それは寒さのせいなのかそれとも別の理由なのか……。

……尋ねたら答えてくれるかもしれないけれど、聞かなくてもいいと思った。

視界をぼろぼろに歪めて泣きだした慈を、渡はしっかりと抱きとめて、抱きしめてくれたから。

「十八年、か? 一緒にいたんだぞ。二年や三年離れても、変わんねぇよ、俺らは」

「でも、東京って……綺麗な子……」

「あー、俺の好みまんまお前だから、大丈夫だろ。綺麗な子とか興味ねぇもん」

「もの好き……」

「自分で言うか、それ」

ははっ、と、声を上げて渡が笑う。

そうして人混みに紛れるように抱き合う二人を――見つめている人影が、三人分。

「お、あれ? 例の気持ち伝えたい子」

「うまくいったみたいですね」

片付けの準備をしながらその光景を眺めていたレンとジュンは、ほっと息をついてユウの方を振り返った。

「よかったな、ユウ」

「……あぁ」

「さすがですね、ユウさん。お仕事大成功じゃないですか」

「……これが俺たちの業務に入るのかは、やはり疑問だがな」

ユウは少し照れながら答えた。

でも、まぁ、よかった。

そんな思いがこみ上げる中、くいっと眼鏡を軽く直したユウの元に二人分の拳が突き出された。

きょとんとするユウに、レンが呆れたように言う。

「イベントの成功と依頼完了だろ、めでたい、めでたい！　ほら、手ぇ出して」

「こ、こうか」

同じように拳を突き出すと、コツン、と、ぶつけるというにはやや力強い動きで、三人分の拳が合わさった。

【終　章】彼らは海に何を見る

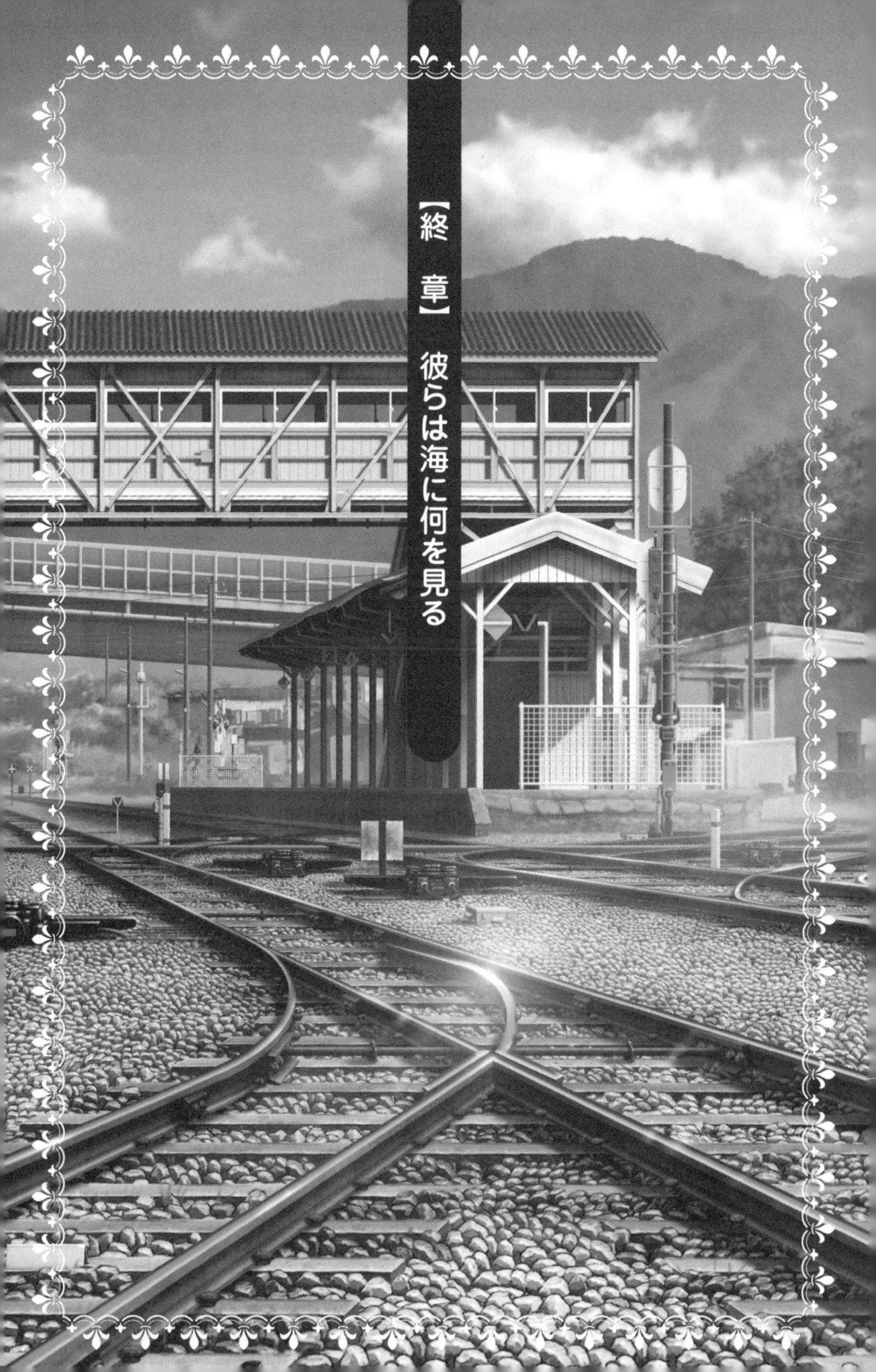

天気快晴、されど風強し。

ぴゅーぴゅーと吹き抜ける潮風に身を震わせながら、レンとユウは二人で海辺に立っていた。

「おい……なんで俺たちはわざわざこんな寒い中、海なんかに来てるんだ」

「恋ヶ窪が来たいと言ったからな……」

「つーか、あいつ東京の人間のくせに、なんであんな平気な顔してるんだ」

東北に暮らす二人にだって、冬の海風は堪える。

普段から薄着のレンは、なおさらだった。

自分の軽装備を後悔しながら、はしゃいで海岸を走るジュンを眺めていた。

「お前、元漁師だろう……情けないな」

「南三陸と北三陸の海を一緒にするな。体感温度軽く三度は違うっつの。あと、あっちはこんなに風吹かない」

ぼやくレンは、まじで寒い、と言いながらもう一度身体を震わせた。

どちらかと言えば寒さに強いレンでこれだ、ユウに耐えられるはずがない。

自然と、身体はこわばって小さくなる。

「ユウさーん、レンさーん！　綺麗ですよ、ほら！」

「おーう……」

「……随分はしゃいでいるな」

帰る前にちゃんと海が見たいです。

そうジュンが言うから、レンとユウは、明日帰るという彼をつれて今日、海まで来たのだ。


ここは、浄土ヶ浜。

宮古市の「日本の綺麗な海岸」にも選出されているほどの綺麗な海だ。

ただひとつ難点をあげるならば、三月に入ったとはいえ東北人の感覚で言えば、今はまだまだ冬だということ。

それから浄土ヶ浜はあくまで北三陸なので、寒さが厳しいことくらいだろうか。

レンやユウより寒さに耐性のないジュンのことだ、すぐに音をあげると思ったのに、なぜか二人の予想を裏切って、彼は随分と楽しそうに海辺ではしゃいでいる。

「なんなの、都会人てあんな感じなの。俺、東京行ったことねぇからわからねー」

「俺だって東京で暮らしてたのは、たった数年だ。わかるわけがないだろう」

「数年でもさー、ほら、若干都会の香りがするじゃん、ユウって」

「はぁ？」

「その口調とか。ま、俺と話すときはやたら雑だけどなー」

「業務上敬語を使うのは当たり前だろう？　それに……」

「それに？」

「……いや、なんでもない」

「何だよ、そこまで言ったなら言えよ！　気になるだろ！」

「……大学時代にな。普通に喋っていたら、冷たい感じがして怖いと言われた」

「……ぷっ」

「ほら、笑うだろう。だから言いたくなかったんだ！」

ユウは鬱陶《うっとう》しげにレンをじいっと見つめるだけで、文句を言おうとはしなかった。

「や、ごめん。別に怖いとかは思わねぇけどさー、まぁでも、似合ってると思うぞ、敬語！」

「似合う似合わないなんかあるか、言葉に！」

「やー、あるんじゃねぇの？　そっかそっか、それで気にして敬語ってわけか。案外可愛いとこあるのねユウちゃん。なるほど謎が解けたわ」

ユウは、尚も肩を震わせるレンの足を、足払いの要領で蹴った。

うまい場所に入ったようで、いてぇ～！　と悲鳴にも近い声がレンから上がった。

ふん、とそれに気を良くしながら、ユウは再び海を眺める。

青くて、透き通っていて、冬だけど清々しい。

綺麗な海だ。

「ユウはあれだよな、ちょっとSが入ってるよな」

「人聞きの悪いことを言うな」

「はー、これが同期とかほんと、苦労するわ俺も」

「その言葉、そっくりそのままお前に返すぞ」

レンとユウは言い合いながら、けれどそれがお互いに本心ではないことはわかっていた。

正確には、半分は本心、半分は……。


「……いいコンビ、だってさ。ジュンが」

「……は？」

「俺たちのことだよ。びっくりだよなぁ、んなん言われるようになると思わなかったな」

「まったくだな」


お互いに思い出しているのは、あの日のことだとわかっていた。

震災から一年後の、冬。

二人の出会いともなった入社前のこと――


「あ、そうだ。俺、ちょっとしばらく勉強することにしたから」

そこでふと思い出して、レンはユウにそう告げる。

別に伝えることでもないのかもしれないけれど、何となくレンとしては、ユウには言っておきたかったのかもしれない。

「なんだ、急に。明日は雪か?」

「どういう意味だよ。つか、この時期の雪は別に普通だろ。……や、ユウも資格の取得を目指して休日もずっと列車に乗りながら、いろいろ勉強してたって言うしさー」

と、何気なくつぶやくレンに、ユウは目を見開く。

北と南で離れているのに、なんでそんなことを知っているのか不思議だった。

「弥一さんが言ってたからな。あとみや子さんにも聞いた。それ聞いて、俺も頑張ってみようかなーと思ってな」

「……」

「今回のイベントも事務とか、ユウに会計関係任せきりだったし……またこういうのする時、それじゃ駄目だろ」

「……お前もそんなこと考えるんだな……」

「ユウって、俺のことなんだと思ってんの?」

「あぁ、いや、悪い……別に今回のイベントに限って言えば、あの役割分担でよかったと思っている。虎舞や屋台の手配がスムーズにいったのはお前がいろいろと顔を効かせてくれたからだろう」

「んー、まぁそこはね、俺の取り柄ですからね。でも……変わっていくだろ」

山田線が復旧し、路線が伸びれば当然人手も必要になるわけで、レンやユウの仕事もこれまでとは変わったものになるかもしれない。

「うちの路線はお年寄りの利用もかなり多いし、そういう時にサービス介助とか、そういうきちんとした知識があったらもっと安心して列車使ってもらえるんじゃないかと思って」

それは、レンらしい視点だと思った。

乗客と社員という垣根を超えて、いつも人とまっすぐに向き合う、彼らしい考え方だ。

「……俺も、今年はひとつ資格を受けるつもりだ」

「へぇ、なんの？」

「旅行業務取扱管理者」

「……でたよ国家資格」

でも、お前らしい。とレンは笑う。

「本当は去年受けるつもりだったんだけどな。配属も変わって、やることも増えて……もっと勉強することがあると思ったから」

「勉強すること？　お前、まだ勉強するの？　好きだなー」

珍しく正直に語ったユウの本音を、レンはいともたやすく受け止める。

そういうところなんだ、と、呑気なその横顔にユウはそっと目を伏せた。

「いや、……まぁいい」

その勉強するべきこと、を、レンはすでに持っていることなんて、きっと彼自身はまったく気づいてもいないのだろう。

教えてやる気は、もちろんない。


スタート地点は違えど、二人は同じ日に同じ場所に立ち、同じ場所の復興を願った。

だからこうして今、ここにいる。

「震災起きたからーとかそんなんじゃなくてさ。もっと、三陸いいとこだぜー楽しいぜみんな来いよーっていう、そう言えるような関わり方をしていけたらなと思うんだよな。で、みんな来いよって言うためにはそう言えるだけの何かを、俺も持たなくちゃな……と思ってな」

「……そうだな」


被災地、震災、復興。

この数年、三陸を語るにはそんな言葉が枕詞のようについていた。

だけど欲しいのはそんな言葉じゃなくて、頑張る理由もきっと、そんなものじゃなくて。

ただ、好きな場所だから。

その好きな場所を、みんなに知ってほしいから。

そんな気持ちが、今、レンとユウが働く原動力になっている。


「あっ、すごい！　レンさんユウさん、魚いますよ魚！」

「……おい信じらんねぇ、あいつ靴脱いで海の中入ってるぞ⁉」

楽しそうな声があがって、視線をジュンのもとに戻したレンは目を見開く。

隣でユウも、息を飲んだ。

寒さに弱いユウには信じられない光景だ。

「……俺たちも行ってみる？」

「断固、辞退する」

「だよなぁ」

それでこそお前っぽい、とレンは豪快に笑う。

その笑い声が、潮風の中に溶けていった。


「ところで聞いたか？　恋ケ窪のやつも、自分の鉄道会社のポスターのモデルをやっているらしい」

「そうなの！？　へぇ、じゃあ、ジュンも含めて3人で『鉄道ダンシ』ってことだな。いいトリオなんじゃねぇの、俺たち！」

「だな……違いない！」

海の周りを取り巻く空気は、少しやわらかくなって来たかもしれない。

こわばっていた身体の力を抜いてみれば、冷たい風も痛みを伴うほどのものではなくなっていた。

「……春だな」

ぽつりと呟いたユウの言葉に、そうだなぁ、とレンの同意が返る。

「もう、春だ」

季節は、三月……あの日を超えて、また、春が来る。

その命運を決めるのは
十三の放つ銃弾

鉄道ダンシ

2017年8月9日　第1刷発行

著　者 ———— 鉄道ダンシ製作委員会・衣南かのん
カバーイラスト ———— 嘉志高久
キャラクターイラスト — カズキヨネ
発行人 ———— 山本 洋之
発行所 ———— 株式会社 創藝社
〒162-0825 東京都新宿区神楽坂6-46 ローベル神楽坂10F
電話：03-4500-2406　FAX：03-4243-3760
カバーデザイン ———— 山本 光雲
印刷所 ———— 中央精版印刷株式会社

ISBN978-4-88144-233-3　C0093